忘川盡

秋深衣

慕容紫煙 著

目次

《染荷》

她冉冉飄起，排山倒海的戾氣在她身周環繞暴漲，震得亭間簌簌搖動。白衣如流雲狂肆而舞，她的聲線帶有混濁回音，清清冷冷在我耳邊響動，「妳不會知道，我要為阿武報仇已經等了十年。如今妳一個初階畫魂師，便妄想渡化我的執念嗎？」

第一章　初見

暮色褪盡，近秋的夜十分寒冷，我抱著厚厚的書本從圖書館出來，拖著疲憊的身軀緩緩走向人行道。

我的名字叫柳蘅，二十三歲大學畢業生，就讀電機系。

我是個女孩，而電機系競爭激烈，而我的天資不及那些有照相記憶的變態同學們，所以不似其他大學生四年全部玩瘋，只要平日沒課的時候都把自己關在圖書館，從早上念到深夜才回家，四年如一日。

在論文通過後，終於快要畢業了。

我其實在思考著，大學畢業以後要做什麼呢？是真的依照爸媽的意思當工程師？還是再念研究所？

對於未來，我很多茫然。說一句老實話，我並不喜歡電機，會念這個系全是因為父母的期望，我真正興趣是在文學。我喜歡埋在古書當中，體會古人在字裡行間寄托的情懷，那份曠古憂思一直是我的嚮往。很可惜的是，在我選學校打算要讀中文系的時候，爸媽一致覺得未來沒有出路，強硬地叫我讀了電機。

就這樣一路讀到了現在，我依舊茫然。

正低頭思考的當下，一個娃娃音自我身後響起，我立刻認出那是誰的聲音，忍不住微笑，停下回首。

「柳蘅，等等我！」

只見有個嬌小的身影帶起沉重的腳步紛亂移近，我一眼就認出是她，一張面無表情的臉綻出些許笑容，問道：「小芸，怎麼現在才出來？」

小芸名叫顧馨芸，是我大一認識的中文系同學，也是我室友，一直以來相交甚篤，是我少數重視的朋友之一。只見小芸撇了撇嘴，吐舌道：「上課遲到，被教授留下來罰掃地了。」瞥了眼我手裡的原文，指著我奇道：「論文過了還那麼認真啊？」

「論文過了學分還是要拿啊。」我莞爾笑了笑，現在大學哪個教授還會罰人掃地，以小芸這麼懶散的個性，遇到那種教授，也是倒楣得莫名。

小芸打量了會我因為作息不正常而蒼白的臉色，用力一拍我的肩膀，笑罵道：「我說妳這人也真是的，前些日子才有個瘋道士說妳魂魄不全，妳還這樣搞自虐，當心魂飛魄散啊。」

我瞪眼，一掌擊打回去，小芸調皮笑笑，裝腔作勢一個趔趄，我道：「去妳的，子不語怪力亂神，妳四年中文系讀到豬身上去了，找死啊妳。」

笑鬧完後，我與她並肩走在人行道上，準備一起回宿舍。路上沒有什麼人，我們覺得有些無聊，半路上就熱烈聊了起來。

兩個都是快畢業的大學生，聊得當然都是對未來的憧憬。小芸對我說，她打算去考老師，以後拿個鐵飯碗；在我表示我還沒有定論的時候，她突然間又是豪邁一拍我肩膀，大笑道：「這有什麼好糾結的！柳蘅，如果顧慮爸媽的話，就先做工程師，把錢賺夠了，妳再做妳想做的，我想他們也沒有理由阻止妳！我挺妳就對了！」

我心裡一陣感動，一直以來的鬱結一掃而空。有這樣的朋友，真好。我淺笑地望著她，低聲道謝，「小芸，謝謝妳。」

「沒啥好謝的啦！」她的笑容燦爛。

不知不覺，宿舍已經在不遠處。我和小芸正打算越過馬路走到宿舍門口，看過沒車後，便要如往常一般越過馬路。

才走到路心，卻聽到一陣異常的風嘯，黑影以難以言喻的速度籠罩了我和小芸，激起強大的烈風，彈指已經近在耳邊。

我心頭一凜，倉促回頭，一個貨車的影子在眸底瞬間放大。我瞳孔一縮，腦中電光石火第一個反射動作是拉住小芸的手往後一甩，把她甩離貨車陰影。才剛甩開她的剎那，還來不及說什麼，砰的一聲，覺得身體瞬然騰空而起，重重摔在地上。

貨車在撞飛我時依然失控地向前衝，直到撞倒人行道上的三棵榕樹才停下來，撞得一陣支離破碎。我在跌地時雙手雙腳都被擦了一層皮下來，血肉模糊的甚是恐怖。

視線有些斑駁，只覺得五臟被撞得都扭在一塊，骨頭也像是要散架一般，喉嚨鹹腥味湧上，大量鮮血忍不住吐了出來，吐得全身都是黏膩。

混蛋，誰在這時候還在校園裡玩酒駕……

「柳蘅！」短暫的靜寂，看來小芸愣了好一會才意識到剛才是發生了什麼，搖晃的視線依稀可見到幾步外的她大驚失色，奔向我，那張微微發白的臉移近，想是因為看見我的狼狽模樣，一聲驚叫在耳邊炸響：「妳怎麼被撞成這樣！」

全身劇痛虛乏，還有血腥在唇邊湧動，這聲劇響不知道驚動了多少人，昏昏欲睡的人們一瞬間驚醒，四周陡然燈火通明，幢幢人影狂奔著來來去去無法辨清，人聲嘈雜。似是置身在水中，我聽得到聲音，而語音裡的意義我分毫也辨認不出來，唯有感覺到一雙顫抖的手無畏血污把我扶起，一聲淒切清晰傳入耳中。

「柳蘅，救護車很快就來，妳撐住啊！」

她的哭喊在我耳邊也開始模糊，我睜著一雙無神的眼，已經完全不知道要轉向哪個地方，勉強扯出一抹笑容，微弱地說：「傻瓜……」眼皮漸漸沉重，恍惚中鳴笛聲隱約傳來，可我再也感受不到什麼，意識離我遠去……

＊＊＊

沒有錯，我就是這麼莫名其妙被天外飛來一車給華麗地撞了。

從我昏迷之後，我覺得我睡了很久，在混沌裡掙扎卻醒不來。

我跌入一個夢境。夢裡有一張柔媚的面孔，含有母性的光輝注視著我。我覺得身體變得很小很小，小得可以被人捧在手心，小心攏著，臉頰被細嫩的手指細細婆娑，我感覺到埋藏的身體中的初生記憶，本能的對女子產生孺慕，可她卻不是我的媽媽。我不知道她是誰。卻下意識希望，這樣安靜寧和的感覺能持續到永遠。

「柳蘅……柳蘅。」

似夢似醒之間，我像是聽到一聲陌生的叫喚，清婉溫柔，帶有淡淡的嘆息。

等我終於醒來時，發現自己在陌生的地方自由落體。快速的風嘯聲讓我茫然失措，難不成我又給車子撞飛了一次嗎？

心念電轉，倉促看見的是屋簷上的一堆瓦片，心叫糟糕，還來不及反應，只聽轟然巨響，我的身體非常強悍地撞破了屋頂，直直往屋裡落去。

屋裡一聲低沉驚呼，粗略判斷應該是男子的聲音，我沒時間道歉，腰間一暖已經被人攬住，我跌進一個人的懷抱。

……什、什麼狀態！

雖然撞破瓦片身體有些痛，但驚奇的是我車禍的那些傷和血跡竟離奇消失，這讓我有些接受不能。我轉頭與抱住我的人雙眸相對，凝目一瞧，瞬間嚇得我魂飛天外。

抱住我的是個男子，一身水藍如海洋的道袍，膚色有些蒼白，濃厚劍眉甚是英氣，臉型輪廓稜角分明。髮絲似潑墨，部分飄在額前，遮住了半張額頭，一雙眼睛古井無波，宛如萬年不變的幽深寒潭，彷彿不管發生什麼事，他都可以平淡看待，整張臉不會有半點崩落。

是很好看的一張臉，不過我還是很驚嚇。

我們兩個彼此靠得很近，道服男子淡漠的眼睛倒映著我嚇成呆滯的面容，眉心輕輕攢起，將眼神略略錯開，頭微微一歪，像是在思考什麼。沉默了幾息之後，他目光轉了回來，第一句問話讓我始料未及，「怎麼，今日才對我的樣貌驚得話都沒有了嗎？」

能把一句調侃說得像念經一樣波瀾不起，此人是個稀有動物。

我嚇到的原因不是因為他的容貌，而是他的裝束。長髮寬袍，如果不是拍戲現代誰會這樣穿？

我扯出一個笑，「這不是一下子給撞懵圈了嗎，大俠別氣別氣啊哈哈。」

話才剛出口，又是一道探究的視線從旁邊射來，把我緊緊注視。

我尷尬一笑。我才不會像其他穿越女主角在發現自己身在陌生地段時老是傻呼呼地滿院狂奔，就是要找那個根本不存在的攝影機，或者老對一群古人嚷嚷別再拍戲了，弄得別人一頭霧水什麼的，這蠢到爆炸的行為我不會幹。

所以，我是穿越了？

沉默了半晌，注視我的另一道視線終於開口，聲音甚是驚訝，「柳蘅師妹，妳在玩什麼把戲？怎麼會從上面摔下來了？」

報告大哥，我也不知道為什麼會從天上摔下來……我轉眸過去，無語在心中回答。

不過，他怎麼知道我名字？

定睛向聲音來源，映入眼簾的，是一張極其秀麗白皙的臉。他身穿白裳，齊眉的瀏海，隱約可見他淡眉如煙，比女子所畫蛾眉漂亮得多，一半長髮被藍色繫帶繫住，眼眸璀璨如星，唇角含著似有似無笑意，瞳色悠遠，彷彿可以容納天高雲闊，望過來十分溫和。

也是一張好看的臉，只是有些女性化，放到現代應該會被評上幾句偽娘……不過……

我現在還在一個男人的懷抱裡啊喂！

我一臉糾結，神色艱難地看著抱住我一動不動的男子，「先……呃公子，你是不是應該放我下來了？」這個姿勢很彆扭啊！

聞言，他很認真地看著我，依然是半晌不動，咱們就這樣大眼瞪小眼挺半天，他才一臉嚴肅地說：「姑娘，我手扭了。」

「……」

好吧，我知道現實總是不比電視劇，常常電視劇在滿天落花的場景中，男主角衝出去把從高空墜落的女主角帥氣接住，一點也不會有手臂脫臼的問題，完全視重力加速度如浮雲。現在雖沒有滿天落花陪襯，但我確實是給男人接了個滿懷，而且還是長相不差的男人。可現實總是殘酷的，我從那麼高的地方摔下來，即使是個紙片人也該有千斤重了，接的人必出事，不然現代又怎會出跳樓壓死賣肉粽攤販的新聞？

長相標緻的男人看我的臉色陣青陣白，忍不住哈哈大笑，道：「柳蘅師妹，九方兄就是這樣子，妳別見怪。」伸手往我背上一托，朝他狡黠擠眉弄眼，「放不下來就找我幫忙唄，你瞧你把師妹嚇成這樣……」

九方兄？我還孔方兄呢！我忍不住腹誹。

標緻男子把我從孔方兄手中接過，將我穩穩放在地上。我仰頭望了眼頂上被我撞出的大洞，咳的一聲，「所以現在到底是什麼狀況？」

雖然我隱約知道是穿越了，而且極可能是魂穿，天知道我留在現代的軀體如何了。不過，也幸好我是魂穿，如果是體穿到莫名其妙的荒郊野外，一身奇裝異服，不被古人視為異端亂棍一路千里打出去就是老天沒開眼。

標緻男人自稱是我師兄，也知道我的名，想來這個身體也叫柳蘅，這樣就好辦了，我還可以用本名，免得在適應新名字的期間被識破；可他既然是這個身體的師兄，我總得套出咱們究竟是幹哪行的吧？

想來是看我陷入茫然糾結之中，標緻男人蹙起煙眉，「剛剛那麼一撞，師妹妳真的什麼都不記得了？」

對喔，差點忘了還有失憶這招可以用……

我立時醒悟，伸手撫向根本就不疼的額，裝作想記起一切卻還是想不起的模樣，說道：「的確，我被撞到全忘了。」

話一出來，我打從心裡鄙視自己。刷無恥度無下限啊……

一旁的孔方兄不言不語，靜靜看著我們。

標緻男人又皺皺眉，往我腰間一指，「妳是個初階畫魂師，妳該不會也忘了？」

不是忘記，是根本從來都不知道……我乾笑順著他手指望向自己的腰間，看見腰上掛著個巴掌大的毛筆，心底一顫。畫魂師這詞，怎聽著好心抽……

「好吧。」看著我依舊一臉茫然，標緻男人宣告投降，指指自己，「我叫柳思，是妳師兄。」又往孔方兄一指，「他叫九方離胤，是師父所派，畫魂師的守護者。妳只是個初階，還沒有畫魂的經驗，師父要我來帶妳。」

畫魂究竟是什麼鬼……我的三觀以最殘酷的方式粉碎刷新。

「師兄……」大致了解狀況後，我努力扯出笑容，「師妹愚笨，以後和孔方兄可得多多擔待些。」

「……」柳思一臉看怪物的樣子看著我。

「我姓九方。」清冷的聲音及時糾正我，「還有叫我阿胤。」

糟了，一時說漏，不曉得這個時代的人知不知道孔方兄……

＊＊＊

在我來了之後，如眾穿越小說的女主般，我還是找了鏡子來端詳我的容貌。

這個身體看起來大約十六歲，不是太傾城的一張臉，而且是與現代的我極是相似的面孔，只是我在現代皮膚較黑，頰上也有些許豆疤，而現在我看到的臉很是白淨，甚至是偏向蒼白，一雙眼黑白分明，清美靈動。十分亮眼的是這身體的髮，柔黑滑順，比現代的我亂如雄獅的蓬頭好不知多少倍，瀏海齊眉，是對比鮮明的黑與白。

瞧來蠻清新的，我是個知足的人，身為穿越者，我從來不奢望新身體的樣貌有多傾城。日子能平淡而開心的過就好了。

我莫名其妙地和兩個男人上了路。柳思告訴我現在身處的年代，經過我默默的歸納整理，心中大約有了個底。

沒錯，我穿到了我不認識的架空朝代，越秦曆四百一十二年，兩年前越秦朝丞相篡位，改國號凌昕，曆法沿用越秦舊制。

大約就是和王莽篡漢一個感覺……我摸摸鼻子自我理解。

不能提前知道這些古人的未來，有壞處也有好處。壞處是，我無法改變歷史——事實上在真實朝代我也不能亂改；好處是，我可以不必為已知的未來時刻憂慮。

目睹已知的悲劇卻無法阻止，這一直是身在真實朝代中穿越者永恆的無奈，我慶幸我來的是這裡。

柳思說，世間有一種人，徘徊在人與鬼、真實與虛幻間。他們以靈血入筆，將執念太深的魂靈困入紙張，這類人行蹤神祕，卻化解過不少浩劫，世人皆稱為「畫魂師」，也就是我們現在的職業。

在入畫的過程中，他們將會進入屬於被困靈魂的記憶，找到他們的心魔所在，將造成心魔的記憶修正。只要修正那段記憶，鬼魂便會沉溺在幻境中，屈於靈血鎖進畫紙，百年之後以忘川解封，將忘記前塵。

由於大多數畫魂師都不會武，所以畫魂師一脈得到修真者的支援，阿胤就是修真者們派來的守護者，據說來自南微宮。

雖然知道了阿胤的來歷，但我總覺得他身上還有不少的謎。比如他為什麼要叫九方離胤，一聽就覺得很不合群，一種終身要自閉的節奏。

當我把我的想法委婉表達給阿胤，他只是冷漠一眼瞥來，「我十歲時親人皆亡，世上再無宗親血胤，所以我名離胤。」

「……」我錯了，我知道我不該八卦的……

老實說，一想到要跟一群傳說中的鬼魂打交道，即使有人保護我，我還是有些怵。

然而，既然都已經穿過來了，我不接受事實也別無他法，反正一時半會也回不去。

如果讓他們知道了我不是這個世界的人，會怎樣看我呢？會把我當怪物，亂棒打出去，還是會接納我？總之，我不敢賭。

我是穿越者，這個祕密，還是讓它自己爛在肚子裡吧。

第二章　山鬼

客房內，我蹙眉看著床邊摺疊乾淨漂亮的衣裳，又看了看剛出浴裹緊浴衣的身體，一時之間陷入兩難。

沒錯，我面臨了所有穿越者穿越到古代的第一個難關，就是我面前的這套衣服。

這鬼衣服可不比現代的襯衫跟牛仔褲什麼的直接套上就行，古代衣服裡面一層一層要按照正確的順序套好，一個沒套好跟穿反，穿出去要笑死人的。

可我若是包著浴衣直接出門，下場也不會比穿錯衣服出去好。我雖是個現代人，但有些關於身體的思想還是十分保守的，這應該跟我從小嚴厲的家教有關。這樣幾乎衣不蔽體給柳思跟阿胤看見，我就不用混了，一豆腐撞死回老家比較快。

我扶了扶額。要是古代有網路有手機就好了，好歹我還能搜索一下怎麼穿古代衣服啊……

「阿蘅？妳好了沒有！這會兒要出發了，妳繡花呢？」

我正看著衣服滿面窘迫，一陣馬蹄般急促的敲門聲震得我心亂如麻。柳思在外頭催促，我依然還在發呆。

不能再猶豫了。不然一向不是很有耐心的柳思沒耐煩了突然破門而入，肯定得丟臉至極。抱著伸頭一刀縮頭也是一刀的想法，我把心一橫，拋開浴衣，將床頭的衣服胡亂地套上。

「阿蘅……」柳思那頭還在喊，我已經一鼓作氣開門，帶起一陣風動，將他的喚聲生生止住。

我雙頰潮紅，頂著兩道熱辣辣的注視，「好了，出門了？」

「……」一片長長的寧靜。

柳思跟阿胤估計被我的衣著雷得毫無思考。我心底暗暗哀嚎，當場大哭的心都有了。本來努力說服自己要盡快適應這個世界，卻覺得快要被自己穿的衣服打敗。我面對不了眼前兩人的眼神，可我面對這種沉默一點辦法都沒有，只能任由僵局持續下去。

過了不知多久，阿胤當先動作。他轉了轉有些僵硬的脖子，一把扯住經過的店小二，移動身體似有意似無意遮擋店小二瞥過來的視線，平聲道：「叫妳們老闆娘過來。」

我看著店小二動作誇張地摀著半個眼睛狂奔消失在長廊深處，抬手覆住臉。就穿個衣服有難看到這麼驚天地泣鬼神嗎？

很快，阿胤喊的老闆娘提著裙子匆匆趕來，看了一眼門口的我，愣了一愣，阿胤一旁作出了解釋，「她早年都生活在異域，所以她以為中原漢服與胡族一個穿法。勞煩老闆娘了。」

老闆娘理解地點點頭，綻開笑容，拉了我入房整衣。

等我再出來時，柳思的神色終於緩和了一點。他目光迅速掃了一眼阿胤，表情意味深長，卻被阿胤無視，逕自往門口走去，「出發了。再不走可來不及。」

我與柳思並肩而行。看著阿胤的背影，衣服的問題解決，我也很快將那份窘迫拋諸腦後，沒心沒肺湊近他，悄聲問道：「是說，到底要去哪兒啊？」

柳思涼涼一眼瞥來，「鬼門開，我們去鬼界。」

「啊？」

我陡然拔高的音調引來四周注目，柳思揉了揉被我摧殘的耳朵，拉了我的手疾行，迅速甩開四周的視線，來到阿胤身旁。我心下惴惴，自己平常很安靜，一激動發聲就驚天動地的特性隨著穿越一起帶來，實在大違畫魂師一切低調的風格。我抱歉地笑了笑，湊近阿胤細聲問，「阿胤，我們去那個什麼……鬼界，要做什麼啊？」

阿胤回答言簡意賅：「交畫。」

短短兩個字，我立時想了起來。在我初來這個世界時，柳思有鑒於我的「失憶」，將畫魂師的所有事情，在行路上，一點一點分說明白。其中更是以身示範，無數次收魂畫魂，我也非常勤勞地把他的手法牢牢記在心中。

他說，畫魂師有自由出入鬼界的權利，被畫好的畫卷每隔一段時間就會送到那處，才能在百年後解封被畫下的魂魄。同時也是為免有心人前來搶奪，利用畫作做壞事。

而現在，因為柳思產量太高，所以我們很快就要去報到。我哀怨地望了望柳思。這種以前在玄幻劇才能看到的東西，因為他積極畫魂，我還沒完全適應這裡，就要跑進去刺激一把。想起之前看過的劇裡一個比一個陰慘的鬼界，讓我直覺今天進去，不會看到好景象。

正把柳思怨了個千百遍，這才頹然想到，柳思突然那樣高產，還不是要給愚鈍的我示範嗎。

我們離了市集，阿胤便召出配劍，帶了我們御劍飛行。一如我在玄幻劇看到的那樣，他帶著我們二人站上經施法而膨脹的仙劍，穩穩飛向半空，直直向前疾飛。我感到很新奇，卻同時懼高。想來柳思看出了我的害怕，在每一次御劍而行的時候，都準備好布條蓋住我的眼睛。然後，他跟阿胤一左一右扶我站好。

我覺得這種交通方式新奇是新奇，缺點是乘中只能一直站著。這讓我想起了我小時侯，爸爸騎著老舊的腳踏車載我，我扶著爸爸的肩，沒有座位，只能踩踏輪子旁邊豎起的兩個棒子，到達目的地的時候腳都麻了。小時候的我不常坐車，每次要去一個地方，能腳踏車到達或者步行到達的，絕不可能會坐公車。

我家裡不是很有錢，所以媽媽最常告誡我的，就是好好唸書，有個好前途，賺了大錢才可以改善生活。所以，活到現在有大半時間都是在書桌前渡過的。就如現在遮眼的布條，本以為目的很明確，路卻走的太長，到頭來還是把自己迷失了、弄丟了。

聽著耳旁呼嘯的行進聲，我突然想做一件事。我側頭，轉向柳思的方向，突然發聲，「柳思，布條拿下來，我要看風景。」

一旁柳思的聲嗓表現很不解也很吃驚，張口拔調，「啊？」

我笑了一笑，想像到接下來的挑戰，我口唇發乾，依然強撐著說：「拿開。」

柳思頓了一會，最終還是一手揭開我縛眼的布條。

雙眼陡放光明，我定了定神，放眼往外看去。腳下一片連綿山巒，霧色朦朧，雲深不知處。再往前飛去，可見一大片星羅棋布，綠油油的草田，及座落於其中的一點一點的房屋瓦舍。也見一片覆雪的高原，上頭生長野林，深邃而迷離。可以想像在其中彈來跳去，一些稀奇古怪的鮮活生命，在裡頭歲歲年年繁衍更迭，以一種自然規律默然在世界的某一個角落生存著。

我的腿有些發軟，連帶得手腳亦冰冷顫抖。那些東西，對我來說太有距離，我心底有一個害怕，害怕一個失神便墜了下去。可我終究要克服。

柳思擔心的視線掃過來，「阿蘅，妳沒事吧？這樣真的可以？」

「可以的。」我強顏笑了笑，嘴唇哆嗦得不成樣子，嚇得眼淚流了一臉，卻仍逼著自己一個字一個字笑著說：「這麼難得的飛行經驗，懼高症算什麼，風景一定要看。」

柳思難以理解地瞪著我，對我的倔強別無他法，只能盡力把我扶穩。

我雙目不移，將陸地上的風光盡收眼底。漸漸的，我習慣了這個高度，雙手雙腳不再因恐懼而冰冷。這個世界，就如我現在看的風景一樣陌生。我知道，還有更多東西，比我這點懼高症更難克服，可我必須勇敢去面對，去接受。

從今以後，我再也不要為了別人制定的目標而盲目前行，侷限了眼睛，忽略了沿途的美好。

飛劍走走停停行了數日，穿過一層結界直接飛進了冥府。

不同於現代我對鬼界的認知，這個鬼界雖一樣有忘川河，有奈何橋，也有鬼差判官，亦有十八層地獄。但大不同的是，我們那邊是一個酆都大帝，與十殿閻王，在這裡卻只有一帝兩判官與寒星七王。所謂七王正以北斗七星之名排列，據說七王齊聚，擺出北斗邪嶽陣，將無敵於五界，所以不是非常時期的話，冥皇不會讓七王聚首的。七王分居七處，各司其職，以北斗星的形狀守護中央最底層的冥帝。而我們現在，是要去天璇王所居的穹冥居，那處掌管忘川與奈何，我們依約把畫交到便可離開。

入了冥府，我們三人便收劍改為步行。不同於想像中我對鬼界陰慘的模樣，入目的是大片艷麗至極的曼陀羅花海，在微風中緩緩搖擺，一足踏下，紅花自動分開成路。我轉目看了看兩側，幾步外無數個面目呆滯，雙眸眼神空洞的幽魂，以緩慢的速度向前飄行。他們無足，飄得卻很慢，似是想在路途中尋找什麼，最終一無所獲，所以臉上始終掛著茫然的表情，很快便落後於我們。我心中好奇，想往後在看一眼幽魂，卻被柳思阻止，「不要往後看。」

我啞然失笑。是啊，正所謂黃泉路上不回頭。到了冥府，隨便回身那是找抽。

紅塵擺渡，弱水三千。我們隨著一眾幽魂上了渡弱水的船。擺渡者是一個啞巴，聽柳思說，他叫啞夫，原名以不可考，數千年前為了贖罪，毒啞自己，甘願為往後所有亡魂擺渡，亦盼望在擺渡中能看到自己心念的人，秉著這個執念，不知擺渡了多少年。

我佩服他。為了一個人，甘願永生困在弱水之上，來來去去，擺渡了別人，卻擺渡不得自己。

鬼界中，柳思難得耐心，將這裡的一些故事一個一個說給我聽。我聽得津津有味，漸漸覺得，入鬼界倒也不是令人覺得可怕的事。

不知不覺，我們已經到了穹冥居。我第一次見過穹冥居裡的鬼王，面貌冷厲，卻與柳思相熟，看到他來，冷厲的面貌平白柔和了三分。看來柳思滿面無害的偽娘氣質倒挺引人，人見人愛花見花開。這樣也好，我不善於與陌生人說話，只要在一旁禮貌地點頭示意。柳思與鬼王交涉了幾句，領著我跟阿胤很快離了鬼界。

回去的路途上，我忽然想起了我胡亂穿衣出門，他們的表情。我鬼使神差地湊近阿胤，小聲問道：「當時我衣服怎麼了，為什麼你們表情跟見鬼了一樣？」

阿胤無語地睄了一眼眨巴著雙眼求解釋的我，回答一貫地言簡意賅，「壽衣。」

「啊？」我又是一記不受控制突然拔高的音調。

本來偷偷湊過來想偷聽我與阿胤說了什麼的柳思被我一陣出其不意的高音侵襲，一瞬向旁跳開，咬著牙，聲音透著隱忍，「阿蘅，小聲點會要妳命嗎？」

我傻笑幾聲，在兩人譴責的注視下，不好意思地捣住了臉。

我錯了我錯了嗚嗚嗚……

出了鬼界，我們四處遊山玩水，不知不覺扁了錢包，不能再揮霍了。

於是，我們積極尋找生意，最終接了一個案子。據說是一個姓秦的豪富人家，家裡常鬧鬼，所以貼出了榜，言明如果能解他們的鬼患，必然以重金酬謝。然後，已經阮囊羞澀的我們毫不猶豫地揭了榜，現在就住在秦家，擇日驅魂。

恍惚在小閣中睡去，阿胤和柳思就睡在隔壁，以防有什麼突發狀況，他們可以第一時間趕來。

此時，週遭一點光線都沒有，無垠的黑暗寂然將我籠罩。

不知道過了多久的時間，我突然聽見啪的一聲輕微爆裂，混沌的意識陡然撕開一抹清明，可我卻睜不開眼睛。在眼皮緊緊閉著的狀態下，眼前卻忽然現出了亮光，一點一點不快不慢地擴大，好似有人在我面前唰地展開陌生的畫卷，光線彈指已經擴展了我整個視野。

朱閣綺樓，重簷垂下清鈴，九曲迴廊假山流水之中，匯聚的是一個明淨的湖。岸邊種下幾株梨花，散落的碎花似微雪，跌在了湖面上，激起了陣陣漣漪，也揉碎了倒映在湖中的容顏。

一個白衣女子靜靜站在湖邊，秀目煙眉，素衣素簪，連鬢邊所別的花亦是白色，神情很是平靜。她的手裡攥著顆剔透的琉璃珠，輕輕轉動，澄澈似水的目光卻悠遠，目無焦點望著遠方，不知所思為何。

我站在美得不像真實的深閨景致中，靜靜望著她。驀然間，她平靜的臉勾起一絲笑痕，收起放在遠處的眸光，縱身一躍，嘩然輕響，激起了飛花流沫，隱約看得見她純白的裙襬一角，逐漸被湖水吞噬沉沒。

一陣心悸襲上心頭，我猛地睜開眼眸，坐了起來，大大喘了幾口氣。四周靜寂幽暗如故，可我知道我已經回到了現實。

那不是夢。自從穿越來這裡，我當畫魂師已經有數個月，經驗告訴我，那不是夢。不會有任何一個夢在我進入時會感覺得那麼清晰，剛剛所見，只是一個魂魄生前的最後記憶，結局如我所見，她早已死去。只是她的意識遊蕩在天地之間太過寂寞，正好把我的魂吸進了她的記憶中，讓我看見她的生前。

在幻境中，她沒有看見我，事實上她也看不見我。如果我要阻止只會是徒勞，因為我看見的只是幻象，是那女子的執念讓我看見她。那份執念如同大漠裡獨燃的裊裊孤煙，脆弱而堅強地在狂風裡屹立，即使隨時會被吹散，依然倔強地扎根。

她的執念，是什麼？

「阿蘅。」顯然是聽到我的急喘，阿胤喚我一聲，推門而進，柳思也一同進來。

我撫撫眉心，疲倦向柳思問道：「你剛剛看到了嗎？」

如果剛剛我被吸進了幻境，他應該也會被吸進。果不其然，他鄭重點了點頭，揚起淡淡的煙眉，道：「一個白衣女子跳湖。阿蘅，如果找到她的魂，便由妳來畫吧。」

「哈哈！」我乾笑了幾聲，數個月在柳思旁邊當實習畫魂師，現在終於有第一次實作了，只是要面對怪力亂神什麼的，身為現代人還是有些毛。

＊＊＊

那女子的鬼魂果然在府裡。這已經是第一千零二次鬧鬼了，而這一次正好給我們撞見。據說鬼患已經把秦家三十三房小妾一齊嚇到病癆，連正室都快要精神失常。在我聽到這個八卦時，心中驚訝著那女子的執念當真威力強大，而我竟然沒給她嚇病，由此可見，我的意志已經在自我鍛鍊中如鐵堅強。不過說真的，秦家老爺收了三十三房小妾這事比鬧鬼令我驚嚇得多，只缺一個老師就可以開班授課了。

算了，這不是重點。當柳思發現那女子的魂魄時，果斷地叫阿胤以拘魂術先把她困住，緊緊關上門扉，擊暈嚇傻的小妾，準備進入她的記憶。

我們必須先從她的記憶知道她的心魔是什麼，才能為她造出幻境，將她畫起。

阿胤不是畫魂師，不知道怎麼進入幻境，便讓柳思拉住了他的手，我們三個齊齊捲進她的回憶中，專業的說法便是憶境。

一片光怪陸離，景象開始凝聚，等我們回過神時，便發現自己身處在窮山綠水中。

第三章　驚變

陽光灑落，蟬聲處處而鳴，想來此地正值盛夏，暑氣逼人。我將手掌橫於眉前向外遠眺，遠處群山巍峨疊嶂，環山的中心是一個大湖，映出了山色，在陽光的照射下霧氣蒸騰，繚繞在山間變成山嵐。

這是那女子記憶中的第一幕。可她人呢？

彷彿在解答我疑問，阿胤臉色浮現警惕，和柳思交換一眼，同時拉起我隱到樹叢之後。我不明所以，疑惑的目光掃向阿胤，他不答，肅著一張臉指向另一個方向。

我順著他的手指看過去，只見幾丈之外一個褐點，踏草撥葉而來。隨著褐點移近，容貌身形逐漸清晰，我睜大了眼。

是那跳湖女子。

雖然早就預料到進入她的記憶一定會看到她，但我沒想到，她初時的模樣和最後投湖自殺的樣子差那樣大。眼前的女子身披獸皮，腰間以藤蔓束起，一頭長髮紮都沒紮，隨意舞在空中，與她在穿白衣時的風貌大相逕庭。我現在看見的，是不同於深閨女子的溫柔婉約、小家碧玉，而是一種不羈狂放，一種與世隔絕的空靈絕美。

若有人兮山之阿，被薜荔兮　女蘿。既含睇兮又宜笑，子慕予兮善窈窕。看見她，我第一時間想起楚辭裡的這幾句。所謂山鬼，不外如是。

只見女子流光目轉，不斷撥草，目光不離土地，似乎在尋找什麼，神情緊張關切。

過了不久，另一個挺拔人影緩緩朝女子站立的方向走近，看見她，眸底閃現訝色。

那女子察覺有旁人靠近，且是陌生的男子時，點漆般的美目閃過戒備，騰地退開，緊緊盯著男子。

男子手裡握著一塊玉珮，聯合剛剛看見女子的神態，歪了歪頭表情恍然，「姑娘在找東西？」一手平平伸出，掌心攤開，輕聲道：「這東西，可是姑娘妳的？」

那女子顯然是害怕生人，盯著男子手中的玉珮，神情迫切卻依然沒有放鬆戒備。

想來那男子的心思甚是細膩，知道這玉珮應該是她的，不過因為他在而不敢來拿，溫和一笑，將玉珮放在地上，「驚擾姑娘了，在下這就走。」

那男子毫不回頭地走遠，女子這才小心翼翼地上前，輕輕撿起玉珮，望著他遠去的背影若有所思。

這是他和她的初見。也是死者執念起源。

因為這是記憶，時間流轉與現實不同，有時候會呈現不規則跳躍，我早已習慣。在我們看完這一齣後，場景瞬然溶碎崩解，我們三個被搖得顛簸踉蹌，才剛剛回神，發現自己置身在大湖之旁，連忙又找棵樹迅速躲了。

由於我們在憶境中是實實在在的個體，並非像剛剛誤進女子記憶時那樣只是闖進意識，所以記憶中的人物可以看見我們，嚴重的話，整個憶境會啟動防衛機制，不是直接崩解連帶我們一起毀滅，就是會跑出大量攻擊者來截殺我們。所以，阿胤和柳思才會這麼緊張地帶我躲起來。

湖旁毫無懸念的仍是一男一女，女子依舊是獸皮粗衣，男子一身月白風清的素裳，繡口所繡的荷花甚是華美，笑容清淺。

女子面頰微紅，不過看來已經不再對男子存有戒心，任由男子靠近自己，毫無反抗讓他伸手握住她的柔掌。男子目光灼灼，執起她的手，問道：「在下徐宗武，妳叫什麼名字？」

我脆弱的小心肝抖了抖。雖然不知道剛剛初見的場景到現在這樣是過了多久，但到現在才問起她的名字也略扯了些。只是我很好奇的是，他到底怎麼打開她心房的？瞧她初時像是受過什麼傷害一樣，誰也不讓靠近，他是怎麼抓住她的心的？

女子這才抬頭，聲音極為細軟，「我沒有名字，打我有記憶以來便一直住在這。」

我瞇起眼，她明顯是說謊。別說那玉珮來歷玄機，按照常理判斷，一直處在深山，理應不會人言，我才不相信那男人在短短時間內教會她說話。又不是風中奇緣。但是，男子並沒戳破女子的謊，聲調溫柔如江南歌謠，「沒名字無妨。我見妳纖塵不染如山間清荷，我便喚妳染荷，可好？」

這就是他們訂情的開始，我才知道，原來那跳湖女子叫染荷。

自稱徐宗武的男子從草叢中採下了一只芝草，遞給她，笑道：「眷言採三秀，徘徊望九仙。染荷，妳的容顏已遠勝飛仙，今日我折芝草予妳，願妳能長命百歲。」

采三秀兮於山間，石磊磊兮葛蔓蔓。

畫面不斷跳轉變換，我們看見了徐宗武帶染荷離開了她居住許久的山，把她帶進了繁華似錦的京城。染荷披的不再是一身獸皮草衣，而是換上一身鮮麗的綾羅。

徐宗武是將軍，且是個頗為位高的將軍。如同眾多古風小說和電視劇裡的公式，將軍時常是皇族鬥爭的籌碼，婚姻從來由不得自己，不是必須娶名門之女，便是要娶宗室公主，他帶回了一個來歷不明的山間女子，理所當然遭到了眾人的反對。

但徐宗武對她生了真心，強硬排除萬難，堅持娶她為正妻。

當然，那些爭權奪勢的王侯將相不會就這樣善罷甘休。硬的不成，大伙便來軟的，爭先恐後要來爭取染荷來當他們的義女，好同徐宗武攀上一點姻親關係。

明裡暗裡爭了半天，才一個異軍突起。我的預感很準，那塊玉珮真的有問題。據說一個姓秦的世家一看到那玉珮，立刻嚎得哭天搶地，直嚷嚷著染荷就是他們失散的小女兒。事態以詭異的神發展在進行，在滴血認親確認屬實之後，染荷稀里糊塗地認祖歸宗，也以世家嫡女的光榮身分嫁給了徐宗武，將軍美人正是一段佳話。

可我當然知道事情沒完。我所看到的殘局是，徐宗武消失了，是死是活不知道，然後染荷投了湖。

我們現在看的這段與其說是回憶，不如說是以染荷的魂魄氣澤比照過去時空為模本造出的幻境。一些染荷不能看到的東西，我們卻可以看到。這個能力十分逆天，想看看，如果一個懸疑兇殺案在我們面前發生，我們只要找到被害者的靈魂就可以馬上摸清來龍去脈，再懸的懸案在我們面前跟一個脫了衣的人一樣毫無遮蔽，沒有挑戰性可言。

因為我們懷了這麼惹事的能力，所以我們行事特別低調，就連收魂都只能自稱是道士仙門，入境前擊暈小妾亦是為了隱瞞我們的畫魂師身分不被曝光。而現在，我們為了摸清徐宗武消失的原因，要去探一探他失蹤前的經歷。

我們頂著阿胤施加在身上的隱身術，隨著子時嚴謹準備到寅時上朝的徐宗武到了皇宮。不同於古裝劇裡所演出的早朝，徐宗武所參加的早朝不是在金碧輝煌的宮內，而是在宮前的一大片廣地。廣地中，大臣們手持笏板，靜靜站著等待皇帝前來，一站便是一個時辰。

從清晨等到豔陽高照，大臣們已是大汗淋漓。我們站在高處向下看去，紅一片綠一片，象徵品階的朝服組成衣海，因為大臣們羸弱的身體搖搖欲墜而掀起微微的波浪，而波浪中唯有一點正紅毅立不動，那個人便是徐宗武。由於他氣質實在太與眾不同，即使我站在高處亦能遠遠就認出是他。

那麼一個堅強不屈的人啊。或許正是他的剛強，在扭曲腐敗的廟堂之上正正斷送了自己。

經過一陣漫長的等待，一身明黃龍袍的男人終於慢悠悠地坐上稍高處擺著的龍椅。見到皇帝，我聽到不少如釋重負的一個喘氣，隨即一聲山呼響徹皇宮。

「吾皇萬歲萬歲萬萬歲。」

唯有在這個時候，徐宗武才會隨著宦海之中屈膝。

這個皇帝，便是後來被自家丞相逼退，越秦朝最後一個皇帝秦殤帝。他顯然是剛剛睡醒，隨意洗漱才來上朝，懶洋洋地讓眾臣起身，負責各方各地的臣子們一個一個接踵上前，簡略向皇帝快報了民情，並遞上奏章，很快的，帝案前堆積如山。最後遞折子的是東南負責邊境事宜的小官，一上來就遞來一記重磅消息。

漠族進犯。

越秦的歷史柳思同我說過一些。約莫一百多年前，前朝將軍淮陽侯李頡大敗漠族，訂下淮淵之盟，讓漠族在偏僻的東南草原安生了好一段時日，在二十多年後更是出兵助秦昭帝平定十二王之亂，並將唯一公主万俟鈴兒嫁給秦昭帝的下一任秦宣帝，母儀天下。沒想到事過境遷，漠族再次與越秦為敵，還成為現在的凌昕朝最頭痛的外患。

至於如何應對外敵，主戰者有之，主和者有之。主戰者又分為兩種，一是傾出全部國力將漠族闔族滅去，二是效仿前朝李頡將之大敗後定盟以約之，徐宗武是後者。

然而，大多主戰派都屬於前者，尤其是以丞相為最。丞相位高權重，在還沒稱帝之前便掌握了朝堂上大半個風向。如果以船作喻，丞相是一艘吃滿風的大帆船，徐宗武便只是個一葉孤舟。若是公然相撞，下場可想而知。

必然是頭破血流。

雖同是主戰，但處理敵軍的方法一個極端一個溫和，前者認為不能永除後患，後者認為有傷天和。

「臣認為不妥。」徐宗武攥緊了手中的笏板，指節蒼白，沉沉一個叩首，緩緩站起，不卑不亢言道：「漠族會前來進犯，必是因小人讒言，而我朝未樹立威信之故。只要取得一勝震懾敵軍，使其不再進犯，彼此和平共處，便可減少國庫消耗。國內天災不斷，不宜增加賦稅以供國征……」

話說到一半被人立刻打斷，「徐將軍，你的意思是說，吾皇威信無法震懾漠族嗎？」

說話的人是當朝兵部尚書，他雖為兵部尚書，卻毫無軍人的勇武鐵血，他瞇著雙細長鼠眼偷偷瞥一眼丞相，後轉而瞪向徐宗武，「你口口聲聲只為百姓謀福祉，又怎知漠族狼子野心！禍根若是不除，百姓反受其害！徐宗武，若你以婦仁禍了舉國百姓……」語氣頓了頓後一聲暴喝，「又當如何！」

「臣並無此意。」徐宗武語調沉沉，「非常時期，我國連年旱災與蝗災導致農作歉收，實不宜劇烈征戰，宜守不宜攻。若漠族當真狼子野心，我便為當年李將軍，不退胡狗誓不還！」

「……你！」兵部尚書面色鐵青，甩袖喝道：「這可是你說的！」

秦殤帝被一聲聲亂轟轟的爭吵弄得頭疼欲裂。他不耐煩地揉額擺手，煩躁道：「行了！主戰還是主和，你們自個吵個明白再來報朕！散朝散朝！」

看完這場鬧劇，我心中暗嘆。秦殤帝很明顯已經被丞相架空，上朝本已只是擺擺樣子。至於主戰還是主和，主戰是傾全部國力滅人全族還是以一戰威震立盟，一切在丞相手下早有定數。這裡的每個人，只是丞相追逐天下的棋子而已，而唯一的絆腳石，只有徐宗武。

皇帝身邊的太監為他抬起了堆積成山的奏摺，亦步亦趨地跟著皇帝回了寢宮。我們亦隨著皇帝，卻站在門外沒有入內。但聽得皇帝沉重躺到塌上的悶響，男人一手支頤，百無聊賴地取了案前的水果喀吱啃了一口，一道無奈的聲嗓從皇帝的口裡模模糊糊，沒聽清還以為是囈語，「小福子，若是朕應了丞相的建議派徐將軍迎戰漠族，是對還是錯？」

逼退之事迫在眉睫，想來皇帝有自知之明，忠於他的臣子，怕是除了徐宗武，再無旁人。徐宗武掌握著一方兵權，是他為帝的最後一片屏障。可他，無法阻止丞相為所欲為。

燈燭剪影在殿內明滅搖晃，太監整理奏章的身卻是一凝。他回過身來，拘謹道：「皇上，忠臣不事二主，烈女不事二夫。若徐宗武沒辦法活下來，那亦是他的命。」

命啊。皇帝自嘲一笑，便不再多話了。

沒過多久，兵部尚書向皇帝進言，派徐宗武出去平定外患。皇帝允諾下旨。

徐宗武接旨。三個月後，將領兵出征。

他接旨的那一瞬，我看見他的神情。他表情十分複雜，坦然，慷慨激昂，卻有不捨。坦然的是接下來的命運，不捨的是染荷。

三天後，染荷歸寧。

徐宗武與她一同歸了秦家。徐宗武夫婦與染荷的父母簡單吃了一頓歸寧宴後，住進染荷當年所居的房間。當染荷看見自己房內陳年舊物被用心清掃得一塵不染，有傷懷也有感嘆。

山裡凶險，她一個嬌嫩的女孩子遺落其中，不得溫暖，不得溫飽，與野物爭食，與凶獸爭地，夾縫裡生存，如今想來，卻恍如隔世。她心中一直那樣相信著，他的父母丟了她定然心急如焚，所以，為了有朝一日能回去見到他們，她將證明自己身世的玉珮珍重保護，在廝殺下活了下來。還好，現在至親相認，她的苦沒有白受，她覺得很圓滿。

徐宗武感受到妻子的情緒，表情有憐惜亦還有心疼，將她從後抱住，溫軟的軀體依稀還有顫抖，他溫柔笑著說：「染荷，別難過。妳失去的，都回來了。」

同時，外頭響起一串不急不緩的敲門聲。染荷前去開門，門前站的是染荷的母親。

「娘親。」染荷的語氣有一些情緒波瀾，那是屬於對親情的盼望與激動，一見到母親，伸出雙手，渴求著至親的溫暖。

秦夫人顯然沒有適應女兒的熱烈，微退一步。看見女兒的眼神，神色一懍。她定了定神，最終主動將女兒擁入懷中。

染荷閉上眼睛，卻沒有淚流下來。

一個熱烈的擁抱過後，秦夫人含著淚光，拉了女兒往屋裡走。

她的語調亦是熱烈，飽含慈愛與溫柔。

「阿荷，娘知道妳晚上常常睡不好，所以特意帶了一些燃香給你，妳從小過敏，娘命人灑掃這裡，仔細檢查了多日，如何？鼻子還會不舒服嗎？」

染荷搖了搖頭。

「都是娘不好。」秦夫人感嘆，「弄丟妳的那天晚上以後，娘吃不好又睡不好，總夢到妳哭著喊娘帶妳回家。不過還好，妳還是回來了，嫁了一個好丈夫，娘很放心。」

染荷雙頰浮現嬌羞，望了徐宗武一眼。

隔早，染荷獨自行至屋後的花園。

春天剛至，五顏六色的杜鵑一齊怒放，百花爭妍。蜂蝶交錯飛舞於其中，煞是好看。染荷看得欣然，卻不巧和秦老爺的小妾們迎頭遇上。

老爺在十餘年前所納的小妾群雖沒有現在納的壯觀，卻也不是小數目。真不知染荷她娘是怎麼忍的，沒把這團一鍋端了。

我目瞪口呆地看著一團五顏六色濃妝艷抹的小妾軍團，緩緩朝染荷飄來，隱隱約約知道要糟。果然，隨著那團彩雲飄近，一道尖銳的嗓聲當先響起，源自一個綠衣小妾楊氏，滿滿的諷刺瀰漫開來，「呦，這不是猴兒養大的大小姐嗎？」

第四章　緣滅

染荷雙眉揚了起來。我扶額，怪不得染荷死後連老爺的小妾都沒放過，這群勢力的嘴臉一看清風向，就逢高踩低，倒也十分自造孽。被嚇死活該。我靜靜看著染荷，且看她怎麼應對。

染荷眉目冷凝，向前走了幾步，一雙秋水美目直直對上小妾，揚手猛然就是一個巴掌。

她那一下力道甚大，帶得楊氏一張濃厚粉妝的臉向旁邊一偏，印上了清晰的五指印。楊氏尖叫一聲，摀著半張被打的臉轉回頭，憤憤罵道：「妳敢！」

「讓妳長點規矩。」染荷冷冷說道：「別仗著自己是御賜的貴妾便與眾不同。猴子養大又如何？若當年是妳落到山中，怕是連骨頭都給吞吃乾淨。」她森然一睇，「想試試嗎？」

楊氏表情顯然是心有不甘，卻一時之間無話可說，一旁的紅衣小妾金氏便接手開砲，「山間長大的人，拿什麼跟咱說規矩？妳命中……」

看來楊氏怕金氏把不該講的說了出來，她眼神凌厲地往旁一掃，差點衝口而出的金氏登時噤聲。染荷將兩人的神態盡收眼底，冷冷一笑，索性不理眼前一群濃妝豔抹的女人，推開人群直直穿了過去。

金氏未出口的話，當時染荷沒有聽見，我卻聽到。那聲惡意的心音尖銳如毒刃，在我腦中久

久徘徊不去。

「妳命中帶煞，註定剋父剋母，妳以為妳當年遺落山中，真的只是偶然嗎？」

我的心，不由得微微一沉。

回到房中，染荷臉色發白，一開門便看見站在窗前的丈夫。徐宗武見她回來，立刻迎上前攏住她的手，兩個同樣歷盡廝殺的人，雙手有相似的傷疤，卻有著截然不同的溫度。徐宗武眉心皺起，「初春還有些寒，妳怎麼一人去了外頭？」

染荷軟聲道：「想念了小時候曾經玩過的地方，想一人走走。」

徐宗武摸了摸她的頭，輕笑搖首，取了暖爐欲遞給她，她卻沒接，驀然撲進他懷中。

「怎麼了？」徐宗武失笑，妻子表面冷靜果敢，事實上卻是一個極度敏感的小動物。這個小動物，他要窮盡一生將她養在以心築成的溫室，好好的藏起來，不讓她再受侵擾。

「……我害怕。」她的聲音細細軟軟，惟有在丈夫面前，她才會收起所有對外的刀兵，她仰起頭，雙眸含淚，問：「等你出征回來，我們離開這裡好不好？」

徐宗武攬著妻子的手不自覺收緊，「好。」

京城裡的一些不清不楚的官僚勢力，染荷父母究竟因何與染荷失散，我懶得了解，我只看到，徐宗武娶了染荷，正觸了丞相逆鱗。有道是有才不得我用則必殺，既然不能為我所用，便只能用計將他毀去，以免將來成為敵人，自己的大業多了一份阻力。

染荷的害怕不是沒有道理。父親妾室們的無禮、秦夫人忽冷忽熱的態度，本身背後就很不單純……可她卻沒有辦法更不敢釐清。

釐清了又能如何呢？曾經她可以與山中猛獸搏殺，卻抵不得宮闈後院之中的陰謀算計。在這裡，她始終那樣渺小。

只能強自糊塗一直到徐宗武出征。

出征之前，徐宗武理所當然要和自家的妻子道個別。那一夜，溫情繾綣，繡簾下儷影綽綽，輕柔婉轉的嚶嚀隱隱約約在風鈴清響中零落，可以想像裡頭的春情風光，助眠的香靜靜燃著，映著搖晃不定的燈燭。

九曲迴廊旁的梨花盛開似雪，風吹過，皓白的花瓣紛紛落下，落在湖面上，驚動湖裡游魚，嘩的一聲向下沉去。這個湖是為了寬慰染荷的思鄉之情，特意挖出來的。這大湖的樣貌和他們訂情時旁邊的湖泊一模一樣。

隔日一早，在一場抵死纏綿過後，染荷沉沉睡去，與夫君交頸而眠。

徐宗武最先醒來，很體貼沒有叫醒妻子，只在她額上印以熱烈的一吻。我看著他深深凝睇著染荷，目光一貫地溫柔似水，輕道：「等我回來。」

今日是他的征期，他將領兵出征。他想，如果他能僥倖回來，他要讓她得到更幸福的生活。他喜歡看她的笑容，所以，他希望能同她一起到死去的前一刻。

清晨的些許幽暗掩蓋了他的身影。染荷不會知道，那一夜的幸福，竟是和他的最後一面，至此之後，已成永訣。

徐宗武離開之後，我看著染荷的生活變成了一條靜止而毫無起伏的線，她生活的重心只剩等待，外頭的山雨欲來她亦不想理，她在等她的夫君回來的那一天。

箜篌微顫奏悲弦，我看著她獨倚雕欄，靜止如玉像。她看不見良人於山間採三秀，唯一能擁抱的只剩記憶。直到後來她等得太久，連記憶都離她遠去。

她等了他三年。

三年後，戰場傳回了他的消息。在門口傳來異響時，她迫不及待地奔到門口，只為了要見他。沒想到朱門被她當先打開，她的容顏如蓮花般一瞬燦爛又一瞬黯淡凋謝，只是開門一瞬卻似過了一季。她迎來的是一張陌生的臉孔，身後還擺著一副冰棺。

我看到她在望見那個冰棺時，面上即將綻開的笑容急速凍凝，她定定站著，一顆熾熱的心一寸一寸冷下去，如墜冰窖。

她甚至沒有勇氣問眼前的陌生人，問說：「我的夫君呢？」

「徐夫人。」現實總是殘酷的，男人終於開口發話了，「徐將軍他……為國捐軀了。這是他的遺書。」一語落，小心翼翼從懷中取出一封泛黃的信，遞到染荷手裡。

為國捐軀這四個字說起來甚輕，落到她耳邊卻如轟然巨雷。她痛得幾乎站不住，扶住門板才不致於跌坐在地。輕顫的素手接過這第一封也是最後一封的家書，紅唇微啟，聲線似秋風中的枯葉，「為什麼？」

她的神色是平靜的，我們可以感知道她強烈的哀傷，卻不知道她在深山中生活已經忘記了如何用力流淚，連什麼樣的表情才能表達悲傷都忘了。

男人不忍心再回答，留下冰棺，向染荷行了一禮，轉身而去。

家僕搬起了冰棺，染荷命他們把棺材放進了她和他的房裡。

棺裡端端正正躺著的人，是她的夫君。

她站在棺旁一夜，整夜無話。她深深望著玻璃下的丈夫蒼白而死氣沉沉的臉，英挺的眉眼，笑容永遠清淺溫和，朗然似是傾注了滿身的月華。這是她一生的摯愛。

那一夜他的軀體有多麼灼熱，她現在的心就有多麼冷。她還記得她意識朦朧中，他的那句等他回來。她鎮日盼望，怎麼就盼回毫無生氣的夫君？

阿武，我們說好的，等你回來，我們一起離開。你說話，不算數啊……

蔥段般的手指拂過涼得驚人的棺，她隔著生死的距離描摹他的五官輪廓。她的思念消逝在這裡了。以後天大地大，再無她能自在逍遙的地方。

天才黎明，她終於展開了他的家書。

我看不見信的內容，只感覺到她的情緒驀然掀起滔天巨浪，如浪濤拍岸，她睜大了美眸。我看著她身軀劇顫，紅唇緊抿，待得掃過整個信，砰的一聲猛地開門，跌跌撞撞奔了出去。

「夫人？」本來取了水桶要去井邊汲水的家僕見到染荷一頭亂髮全身狂顫，一反過去的溫婉平靜，疑惑地喚了一聲。

染荷雙目赤紅，沒有回應家僕的輕喚，逕自繞過他，直接奔出徐府。她要去秦府，眾所皆知的娘家。

驚雷炸響，天地瞬然大雨滂沱。

染荷沒有帶傘，徒步朝秦家奔去。那一瞬間，我彷彿重新看見山間空靈的山鬼，無拘而狂野，這才是真正的她，她的心性本該翱翔在毫無心機的湖光水色之間，只是京城的繁奢讓她漸漸掩蓋了自己。衣袂獵獵而響，她精緻的繡鞋在全力奔跑間被跑落，瑩白如玉的足直接踏上冰涼地面，濺起晶瑩的雨珠紛飛。

徐府與秦府距離不會太遠，染荷無視道旁的人驚異的目光，如此狂亂地奔了約莫兩刻鐘的時間，在秦府的家僕沒有注意的狀況下奔了進去。

「他可終於死了。我現在終於相信，感情可以害死一個人。」

「漠族根本降不得，可笑咱那好女婿鎮日想著如何保家衛國，真真好笑。」

「雖說早年有道士說過，咱們的好女兒有剋家之相，但還好，她還有些價值，只是一嫁便引得丞相借刀殺了他，明堂上那位這就少了一條臂膀，我們的地位更加穩了。」

染荷急促的呼吸在接近父母房門後緩下，一聽到那些對話，整張臉褪成蒼白。她靜靜立在門旁，裡頭得意笑聲將她的心狠狠凌遲，劇痛一波波傳來，她在雨中哆嗦，發白唇畔也在輕顫。

原來，原來是這樣……

什麼親情，原來只是他們設好的一個局。

她曾經……那樣的相信他們。

金氏未出口的那句話，她終於知道是什麼。她命中如何，從她十歲那年，被莫名其妙丟到山中，答案不是很明顯嗎。

從小她和爹娘本就不是特別親近，而她歷劫歸來，母親熱烈如此，她還以為基著這層愧疚能重拾彼此的親情，可她卻錯了。是她高估了世界的感情，感情對他們來說，抵不過他們自己的安危，抵不過廟堂之上的權勢。她懷抱著自以為的美好不願轉身，多少東西被她錯過了。

直到對話停止，所有的疑惑撥雲見日，殘酷的真實已狠狠將她的天真踐踏。

秦夫人在歸寧那天給她的香，她本珍重地與丈夫分享，沒想到，那亦是帶毒的。不然她要如何相信她驍勇善戰的丈夫，無端端就這樣不明不白死去。她只覺得喉間發緊，發紅的眼眶灼燙，雙眼被淚意模糊。頓了良久，好不容易張口，一線微弱聲音才在口中凝聚。

「……爹、娘。」

晨光被鉛雲遮得晦暗不明，狂風颾起，天地沉沉似夜。染荷的喚聲很輕，但仍是被房裡的人捕捉到了。

門後兩個人影一僵，白髮蒼蒼的老婦頓了好長一段時間，燈火勾勒的影子在門前拉長，呀的一聲，板門被快速拉開。

迎面看見的是女子毫無血色的臉和亮得出奇的眼睛。

「妳全聽見了？」秦夫人嘎聲問，聲調全無過去的溫情。

染荷沒有答眼前這自稱是自己母親的人。她只是定定站著，靜靜直視，任由大雨淋濕她的髮、她的衣，她不用回答，眼神已經昭示了全部。

那一刻，她感到前所未有的心灰意冷。

原來她的相信，她對真相的逃避，並沒有阻止他們害死她丈夫的腳步。

我雙眼中突然閃爍出一個影像。那是一個嬌小的女孩子，手裡提著一把鋒利的短匕，因為奮力搏鬥而全身染滿血跡。一樣是瀟瀟雨夜，她撥草踏葉，腳步趺趺撞撞，口中淒厲地不知道喚著什麼，無數次被石頭絆倒，卻趕忙站起，生怕自己一個鬆懈，便被潛伏的惡獸，一口咬掉了沒多少肉的身體。而那個女孩的臉，逐漸與染荷重疊在一起。

是當年被拋棄的染荷。

僵持了很久，染荷從懷中取出玉珮細細端詳，又是幾聲轟雷，刺眼的白光使得天地之間乍明乍暗，她的臉蒼白似鬼，揚起一個諷刺的笑，終於再次開口。

「你們知道嗎？我為什麼一直留著這塊玉珮？」她突然輕輕地說：「因為我從來沒相信過，我十歲那年你們真的丟了我。」

我心底猛然一緊。她那麼盲目諒解她的至親，為他們的疏忽想過千百種理由，卻從未得到他們真正的憐惜。

我心中恍然。怪不得她表情大部分都那麼冷靜，山裡何其兇險，稍有不慎便會被野獸啃得連骨頭都不會剩下來，那種情況根本不容許眼淚，也無暇流露悲傷。在荒居野外的十年中，她唯一能想的就是防備被殺，長此以往，連人類發洩情緒的欲望都磨沒了。

好狠心的爸媽。在現代我是獨女，爸媽雖然嚴格，但也是極疼我的，別說把我丟進深山，恐怕放我獨個兒出去也是要擔驚受怕，那時我還覺得他們杞人憂天，如今看到染荷的處境，我突然覺得我何其幸福，至少我還有個疼我的爸媽，不像染荷的爹娘，為了一己之私，連女兒的命都不管。

眼見她父母陰沉著臉沒回答，染荷自嘲一笑，繼續說道：「後來你們擺出那模樣來認我，我還天真地以為，你們是真的不小心把我給弄丟了，一直以來痛苦得很。的確，因為你們，我才可以頂住所有人的輿論，風風光光地嫁給阿武。可是，名又如何？」垂下眸，如羽扇的雙睫在眼瞼上打出深深陰影，她說：「他終究還是死了，被你們、被他敬重的國家社稷害死了。」

他被一副冰棺封住抬回時是一個再無法言語的死人，死時脊骨被重擊錯位，顯然是被人偷襲，且一擊即斷，照那樣的傷勢，他活不到晚上。他的屬下為了讓將軍夫人看見他的遺容，以水銀防腐，數個月艱辛而回，才得以讓染荷見到他的最後一面。

染荷被人利用而不自知，他們的相遇是外人設好的殺局。當美麗的山鬼遇上風流蘊藉的少年將軍，明明是個值得羨慕的浪漫神話，卻被命運與算計狠狠地擊碎，將相愛的兩人分隔天涯。他們結合時間太短，短如曇花逝水，待得煙花綻盡繁華落寞，等待她的，只剩下無垠的悲傷與孤寂……

直到她知道了她是別人的棋子，成了殺害自己夫君的一把借刀時，一切再難挽回。所以，害死他的不只他們，還有……她。

與他相知相處的種種驀然湧上腦海，她的眼睛有些乾澀，卻半點淚也流不出來。

她記得他望著她時的謹慎小心，像是對著世上最珍貴的珍寶，說：「驚擾姑娘了，在下這就走。」

她記得他挑起深濃的俊眉，說：「沒名字無妨。我見妳纖塵不染如山間清荷，我便喚妳染荷，可好？」

她不會忘記他對著她彎眸輕笑，柔聲說：「眷言採三秀，徘徊望九仙。染荷，妳的容顏已遠勝飛仙，今日我折芝草予妳，願妳能長命百歲。」

阿武，是你把我從絕望深淵拉到溫暖的人世，你不在，我的世界永遠只會是蒼白荒蕪。你希望我長命百歲，但那是你在的地方才讓我有生存的意義，你走了，我什麼都不是……

老夫婦依然沒回答。而染荷再次開口，聲音很是平靜，全無波瀾起伏，吐出的卻是世上最惡毒的詛咒。

「你們這樣對我們，總有一天，你們在意的、追求的……我會一樣樣地去顛覆。你們追權奪勢，我便讓你們終有一日賤如草芥；你們求一世平安，我便讓你們不得安寧！」

我震驚得無法言語。她說出那些話時，澄澈的眼眸看見了一些混濁浮動，那是她的恨。那一份恨變成了執念，以致於成為厲鬼之後不斷地擾亂人世，人心不寧。

她攜著風雨而來，離去時，亦是披了一身風雨回去。接下來的發展毫無意外，我們看著她深居簡出，為自己的丈夫守孝三月後，最終在滿天飛舞的梨花中投了湖。

第五章　情初

我們沒看到的後續，阿胤在入秦家時有聽說一些。據說在染荷投湖後，屍首很快被撈起，擇日下葬。就在與徐宗武合葬的當日晚上，秦家立時鬧了鬼，十年以來一直如此。

故事的經過就是我們看到的這樣，在女子死去後，憶境崩塌，柳思經驗老到，及時把我和阿胤一起拉了出來。而這故事的真相太過駭人聽聞，我在出境後不發一語，久久難以自己。

她想報仇。如果沒有猜錯的話，聘我們來畫魂的，正是染荷出生的秦家，她最想毀滅的一個地方。只要秦家一倒，她恐怕便會傾倒整個皇朝，來為她的夫君陪葬。

她的出發點並沒錯。沒有一個妻子能忍受在自己將夫君交給國家後，自己的夫君卻死在底下不乾不淨的算計中，而且算計他的還是自己的父母。如果是我，我也會恨他們，不惜一切也要報仇。可終究我是畫魂師，她的意念再如何理所當然，我還是得畫了她。畢竟，秦家有罪的只是那對夫婦，滅掉整個秦家或者皇朝，無辜的人犧牲太多，我們不得不阻止她再錯下去。

柳思看我神色惆悵，知道我很少見過這種陣仗，拍拍我的肩，說：「以後無奈的事還有很多。阿衡，妳可得多撐著點。」

我們在憶境裡看盡了染荷的一生，現實中卻只過一盞茶時間，被柳思擊暈的小妾現今還在昏

睡著。阿胤暫時以仙壺盛裝染荷的魂魄，我們小心翼翼出了小妾的房，回到房裡細細討論。

既然找出了心魔的所在，接下來就是要以筆造出幻境，大部分是憶境的重現，但是有一部分必須進行修正。如果徐宗武還活著，染荷就不會對世間那麼怨恨，至少在虛幻裡和夫君白頭。

現實中不能相守，只能以幻境來騙她，這個方法聽起來心酸，卻沒有別的法子了。

不過，說歸說，最棘手的問題是，要怎麼讓幻境裡的徐宗武避過算計和死劫。

這的確有些難。

雖然我們知道了徐宗武的死因，但別人家是個大將，又是忠國的好將軍，我們總不能在進幻境時，在他出征前突然間殺進徐府，急吼吼給他來一句，「將軍，你如果上戰場定會給別人坑死，所以這次戰場你死都不要去！」依照我的邏輯推斷，應該十有八九會被徐府的家僕以唱衰之名掄棒直接打出去。

可是，除了這個方法外，還能如何呢？

阿胤在我和柳思取捨不下時，終於開口，「這還不簡單，在他出征時，咱們暗地裡把徐宗武綁了，讓另一個人頂了他。等那個替死鬼給他們坑死以後，咱們再放徐宗武出來，讓他好好心灰意冷一番，最後再安排他祕密與染荷相會，遠走高飛去。」

我眼睛一亮，挑起一邊的眉，反手一掌豪邁拍在他肩上，哈哈笑道：「華生，你突破盲點了！」

「……」聽到我這句，阿胤和柳思同時以看怪物的眼神看我。

嗷，我錯了。我後悔地在角落畫著圈圈。

幸好他們沒再追問我口中的華生是什麼。這時代有誰知道什麼是福爾摩斯，如果我講出來鐵定被他們懷疑的……

阿胤的提議甚好，雖然手段狂暴了些，但也是最有效的方式。

當天晚上，柳思讓阿胤把染荷的魂魄放出來。我這是第一次要畫魂，難免會手忙腳亂，慌張地抽出腰間畫筆，無比笨拙勾住她的魂牽，在柔白畫紙上勾勒淺淺一筆。

所謂魂牽，就是人體與魂魄的一個牽絆，染荷已死，但是魂牽還在，一旦被我用畫筆勾住，就注定被我畫進紙中了。

在我執筆落墨的剎那，房中憑空冒出一個黑洞，那是幻境入口。柳思含笑看著那深不見底，而後轉向阿胤道：「這次我就不進去了。九方兄，在境內護著阿蘅一點。」

阿胤依然面無表情，「我理會得。」

果然是個面癱，這是病，要治。我斜斜睨過去一眼。

柳思擔心我出紕漏，殷殷叮囑道：「這次入境的是妳的意識，別以為進去的只是意識就可以隨便受傷，有些深的還是會反應到身體上，如果被滅了，妳便真的死了，這點妳要注意。」

我擺手，「知道。」

這次不需要人拉，幻境自然有股吸力在拉扯。我閉上眼睛，任由幻境的入口將我的意識魂魄從身體裡吸出，飄進幻境裡。

柳思在我飛進幻境時及時扶住我留在真實世界裡的軀體。我在被吸進幻境前驚鴻一瞥，看見我的軀體被柳思扶住，心裡一陣奇妙的感覺。這世界的東西著實弔詭……

彈指間，強烈的白光在我眼前逐漸清晰，我和阿胤站在繁華的街道。只見道上人來人往，嘈雜聲鼎沸，鮮活得如同真實。

是我一手造出來的世界。雖然是以十三年前的時空作為藍圖，但裡頭所有人物的生死都可以由我和阿胤來操縱，某種意義來講，我們算是此處的上帝。如今，我們倆上帝特地要來改寫本該在真實世界裡發生的悲劇，我很是緊張。

「這裡是哪裡？」我壓抑著不安的情緒向阿胤小聲地問。

阿胤頓了會，先是以不可思議的眼神望著我，而後狹長的俊目快速向旁一掃，忽然拉起我，把我帶到路邊。我不明所以正待要問，一陣紛亂的馬蹄拖動軋然的軌道聲響，一輛馬車從身旁呼嘯而過，挾帶著涼風吹亂我的髮。

「如果不帶妳，妳這個上帝就要死在自己造出的世界裡了。」馬車來勢太猛，我整個人下意識地撲在他胸口，頭頂傳來阿胤涼涼的聲音。

我連忙放開擱在他雙肩的手，忽然意識到他剛剛話裡的玄機，瞪大了眼，驚恐道：「你怎麼知道我剛剛想了什麼？」

「妳剛剛自言自語，全講出來了。」阿胤一貫的面癱。

「……」我終於知道他不可思議的眼神是因為什麼了……

「我說阿蘅，我聽過天帝、皇帝，就是沒聽過上帝，妳說的上帝到底是什麼？」一路上阿胤這樣問我。

「……」我額上爆起青筋，這個問題我敢回答你嗎……

透過牆上貼的榜單，我知道這個世界的年代正是越秦曆三百九十九年，殤帝被自家丞相逼退前十一年，也就是徐宗武與染荷成親的當年。

當年漠族進犯，一直到出征，距離徐宗武與染荷成親只三個月左右。這就代表著，如果要挽回悲劇，我們只有三個月。

「你不是說出征當日把徐宗武給綁了？那我們直接到那時段，把他綁來省事？」當我知道還距離三個月時，挑眉問他。這是我造的世界，要調快時間流動易如反掌。

阿胤唇角一抽，道：「不是說過還要替身嗎？將軍突然在出征前失蹤，會引起大亂的。這三個月，正好給我們尋替身。」

我沒心沒肺地嘿嘿兩聲，「你會易容吧？直接找你當替身，一切不就解決了？」

阿胤眸色掠過了絲陰暗，定定地看著我，一字一頓，「妳希望我死在戰場上？」

咳，誤會大了。我當然不希望他為我死在幻境中，剛剛的想法是，既然他是修真者，按道理來說體格應該比徐宗武強些，受個幾棒應該無事，這就不必累得我筆下的一個幻影送命了。

雖然行前我認為一個幻影無需較真，但是實際行動時，我還是心有不忍。終究是自己創造的，在現代我寫過小說，也曾經深刻地在意過自家的人物，這並不誇張，否則《牡丹亭》的作者不會為了死去的杜麗娘躲在房裡哭了。

當我告訴他我這個想法時，他陰暗的表情才褪去無蹤。不過他還是很快地糾正我，「我是煉氣的，不是煉體的。根據徐宗武的屍體判斷，那個力道給我受了，一樣會死得很慘。」他奇怪地看著我，「不過，妳那樣在意一個幻影的性命幹麼？」

「……」聽到他的那句話，我頓然無語。脆弱的煉氣修真者啊，我錯了行吧。

僵了半天終於達到共識後，我們不動聲色地開啟了尋人大業。

至於為什麼要不動聲色呢，我們總不能明目張膽地貼出一張徵人啟事，大大寫著：「誠徵徐宗武將軍的替死鬼。」別說這麼明確的目的可能會先嚇跑正主，便是給想害死徐宗武的那群人看到這榜單，依照正常思維判斷，鐵定會暗中把咱們上帝二人組一起滅了。

我們兩個扮成尋常百姓的模樣，在街旁擺攤，攤上掛了算木，權充算命師。京城裡無人想算命，我們也樂得省事，免得還要費心思扮江湖術士，這著實不是我專長。

咱二人在街旁看著人來人往，極力鎖定路上哪怕和徐宗武的容貌有一點相似的人。

很可惜的是，沒有。

像徐宗武那樣歷經沙場殺伐，待人卻溫文儒雅如文生的氣質，的確難找得很。

只有三個月給我們尋替身，還真是不太容易。隨著出征的時間越來越近，我的心也越來越焦急。

來不及找到替身，我們就沒有把握把徐宗武從戰場中救回。需知沙場兇險，能力再強也很難覆立乾坤。

就在第八十五天上，在一陣百無聊賴中，我決定改變計畫了。

「阿胤。」我伸手肘碰了碰還在把玩算木的他，「咱們換個方式吧，剩下沒幾天，再拖徐宗武就要同現實一般被坑死了。」

阿胤眉頭微動，「又打算要我上場？」

我彎眼笑得和藹可親道：「阿胤，我知道修真者的威能最強大了，那一棒我一定盯得緊緊的，不會讓他打上去，好不？」

阿胤靜靜望著我，墨色的瞳仁深不可測，一時之間，我猜不出他到底想的是什麼，心裡有些紛亂。只見他打量我好一會，才冒出一句，「好。」

早答應不就好了，害我白白耗這麼多天。我在心底默默嘟噥。

只是當時的我不會知道，他當時要耗我這八十五天的意義是什麼，等我明白時，一切已經晚了。如果我提早明白的話，別說是八十五天，八十五年我也願意耗。

可惜，世上沒有太多的如果能實現。

＊＊＊

徐宗武臨危任命，取了兵符南下，出手與漠族周旋，彈指轉瞬已過了兩年。

越秦曆四百零一年的深秋裡，我和阿胤兩個一起潛入了徐宗武領兵的總軍營。

我們行動很有風險，但除了這個方法我們沒有其他路可以執行我們的計畫。

阿胤同我說，通常畫魂師造出的幻境承受不住修真者的力量，除非一般非攻擊的術法，否則幻境極有可能會因此崩塌，尤其是我這個初學者，他的真實力量只要爆出一點點，幻境就完蛋大吉。所以他如果要把徐宗武擒住，不能使法術，只能純以肉體或兵器相搏。

這光聽起來就讓人覺得驚心動魄。

雖然徐宗武表面看起來一派儒雅，卻是沙場縱橫多年的人，如果不能以法術將他制伏，單純比拚蠻力的話，我覺得阿胤處境堪憂。從他說出他挨不住那一棒開始，我已經有了心理準備。

所以，我想了十分對徐宗武不起的方法。

我在郊外發現了毒蠅傘。毒蠅傘這種東西我在高中的國防課本裡看過，它會影響神經系統，使人昏眩、產生幻象，毒性不會太致命。我想，拿這先削弱戰力，比較方便阿胤打贏他。

我們敲暈徐宗武身邊的一個親兵，由我扮成他，將毒蠅傘丟進了將軍平常用的鹿皮水袋，遞給徐宗武。

「將軍，你的水。」

一場大戰即將發生，我緊張到不敢抬頭，聲音有些沙啞。

徐宗武挑眉，奇怪地看我一眼。

時間如靜水般緩緩流淌，我站在帳門口，裡頭的沉寂令我快抓狂。不知過了多久，阿胤清冷聲音自耳邊響起，「阿蘅，妳能靜止多久時間？」

「啊？」我一愣，立時反應過來。我是創造此境的主人，自然有權靜止這裡時間，才能確保這裡的一切不被其他幻影發覺。知道大戰迫在眉睫，我掌心濡濕，答道：「大約一刻鐘吧。」

「那便夠了。」阿胤輕聲一語，帳內立即傳出威嚴的聲調。

「外頭是什麼人？」

阿胤眉頭深鎖，沒有答話，伸手往背上劍柄一抓，流光短促伴隨著清脆劍鳴，足間一蹬，身體如箭離弦飛進了營帳。

「阿胤！」說不緊張是不可能的，我驚呼了一聲，卻不忘施術靜止幻境的時間，施術完畢後連忙轉身移眸，望向帳內。

我雖可以靜止時間，但是已發現過我們的幻影卻靜止不得，所以這一戰在所難免。

劍光如流矢紛落，阿胤占了先機，氣勢如雷霆，靜如處子動如脫兔，一劍劍避開徐宗武的要害，攻往雙肩雙足。徐宗武不明所以，也沒有拿兵器格擋，只是踏動步伐左閃右避，閃開阿胤逼來的凌厲劍鋒，一面蹙眉問道：「閣下是誰？瞧閣下並無行刺本將之意……」

「你現在不需要知道。」只有簡短一語，阿胤見自己久攻不下，一張好看的臉孔如同罩了一層寒霜，不再避開徐宗武的要害，霍霍風聲嘯起，刮上他的鐵甲，刺耳的摩擦在風聲中依稀可辨。

徐宗武雖心中疑惑，但看阿胤眼中似乎已有了殺意，只能瞬步退至牆角，終於提起了牆上掛著的槍，隨手一橫，劍尖碰在槍身，鏘的一聲清越龍吟，擦出一串火花。

糟了。我意識到一件事情，臉色乍白。

他竟然還有餘暇取兵器，這代表著不使法術的阿胤並不是他的對手。或者說，阿胤沒有辦法在一刻鐘內擒住他。我只能停滯這麼短的時間，時間只要一過，其他幻影就會發現這裡狀況，一切將功虧一簣。

毒蠅傘……毒蠅傘還沒有效果嗎？

我心急如焚，雙手負在身後，在門口徘徊不定，卻不敢踏進帳內，事實上就算想，我也進不去。

裡頭的劍氣與槍光太烈太狂，我根本無法插手，只能祈禱著毒蠅傘儘快發作。

阿胤久攻不下，周圍氣場突然變得冰冷，彷彿再一呼吸空氣都凝霜結冰。只見他一劍貫向徐宗武眉心，徐宗武仰身閃避，再起身時，疾步穿過阿胤的繚繞劍光，轉瞬到他面前，無視阿胤當胸一劍，一掌扣向阿胤的脖子。

他想擒住他。很糟糕的一件事是，他知道他無意殺他，所以他可以冒險忽略對方可以致命的一劍，以最簡單的方式攻擊。

一刻鐘快到了。我審視了下逐漸支撐不住的術法，欲哭無淚。

阿胤沒想到徐宗武會看透他的意圖，劍勢一偏，被對方輕描淡寫閃過，一掌已經扣在阿胤頸項。

長劍脆聲落地。

我心叫糟糕，我沒料到徐宗武竟是個如此剽悍的將軍，毒蠅傘到現在仍毒不倒他，真是一大失策。正當我心焦難耐之際，變故終於發生了。

徐宗武還沒能及時問阿胤他的明確目的，忽然眉頭一蹙，手下微鬆，眼神迷離。我心中一喜，毒蠅傘在關鍵時刻總算生了效用，否則後果不堪設想。我擔心毒蠅傘只能迷他一時，連忙奔進帳內，衝著徐宗武背後大喊一聲，「將軍！你的老婆染荷喊你回家吃飯！」

第六章　換日

徐宗武的眼神更加恍惚，掌下再也不足以禁錮阿胤，被阿胤一下子甩倒在地上。我伸手接住意識混亂的人，簡單幾下救治，果斷劈暈他，抬頭朝阿胤道：「時間快沒了，你倆換衣服？」

阿胤挑眉，眸底閃爍著玩味，問道：「妳打算全程看我和徐宗武換衣服嗎？」

呃……好像也是……

我臉上有些熱，慌張地奔出帳外，「我迴避了行吧！」

我的術法一消失，阿胤和徐宗武已經對調了衣服，並易容成他的模樣，在帳內威嚴地端坐著，看過去沒什麼破綻。

「你把徐宗武放哪了啊？」在無人注意的空檔，我好奇問他。

「泠淵戒裡。」他閉目養神，答得扼要。

我哦的一聲。泠淵戒我倒知道，是個儲物戒般的概念，只是戒裡是一個小世界，可以讓人生活在裡面。

這東西在修仙世界裡擁有幾乎等於逆天，南微宮果然大方，把它交給了阿胤。

我們大約過了兩個月的軍旅生活。

萬里赴戎機，關山度若飛。越秦軍與漠族軍周旋了兩年多的時間，這次將在東方漪回谷中交鋒。

漪回谷在邪幽山與澗嵩山中間，地勢封閉而險要，且相傳有許多妖魔徘徊在那處，入者九死一生。漠族把地點設在那處，不知道安得什麼心。

其實我一直在想，既然徐宗武的實力那樣堅強，脊骨仍會被那棒一下擊斷，那棒究竟該如何驚天地泣鬼神。想到這個，我便不斷為阿胤脆弱的體質擔憂著。該不會沒躲過真給擊斷了啊……

頂著這樣一個糾結，我們到了漪回谷。

既然我對阿胤承諾過會看好那一棒，就一定會為他做到。

我一直貼身在阿胤身邊，所以在眾將議事時把他們的戰略偷聽到了一點。他們打算兵分三路，由阿胤帶三千兵誘敵，一路埋伏山道，一路趁機襲尾。待得弄到漠族人心大亂，三路將會集合，一舉將漠族軍困入谷中消滅。

我在聽到的當下，覺得不妥。兩軍對壘必是數十甚至百萬人在交戰，這個計策好是好，但是漪回谷那樣危險的地方，竟只派三千人誘敵，只有兩種狀況解釋，第一種解釋是，想出此計的人缺根筋；第二種解釋，就是他存心置人於死地。依照染荷中憶境結局來看，我非常篤定這是後者。所以，粗略推估，想把徐宗武坑害的時間大約就是在漪回谷中了，也不知會是誰最後揮出那一棒。

阿胤沒有異議，一切基本照著原本的歷史行進，只是領軍的徐宗武改成了阿胤。

阿胤把徐宗武丟進泠淵戒還有其他用意。泠淵戒中雖然自成一個世界，但是可以看的到外面的情況。阿胤要讓他看清楚，這樣腐敗的國家不值得他愚忠至此，等他看見了將來的一切，他可以心安理得地和染荷遠走高飛。

漪回谷中有個可怕的名字，叫寂滅妖林。谷內沒有一般樹林的蓊鬱蒼翠，一片土色如沙漠。地上全是枯枝落葉，當整齊的軍隊踩上，發出劃一的破裂聲響，殘敗的葉立時被輾成齏粉，風吹過，風沙直揚，迷了不少人的眼。

我有種不好的預感。

才過不到一個時辰，又是一陣大風颳起，瞬然狂沙遍佈，伸手不見五指。我和阿胤轉瞬被人沖散，又目不視物，恐慌似毒蛛爬上我的心口，一面企圖撥開風沙，一面倉皇地大叫道：「阿胤！你在哪裡？」

黃沙如霧遮蓋了所有的身影，我在茫然中找不到路途。訓練有素的軍隊在浩大天災當前再也無法保持安之若素，紛亂推擠如潰蟻，驚叫聲此起彼落，現場一片吵雜。

我預感是對的。不好的事真的要發生了。

我很害怕我看不見東西，從小到大的習慣皆是如此。因為看不見就很可能陷入未知的危險，而那危險在盲目中潛伏，如同盯緊獵物的狼，找到時機便會無聲出手，而獵物從未能有覺察。我不想當那個獵物，我更不想讓阿胤因為我的失策而喪命。

一瞬有那樣強烈的後悔，我不該讓阿胤冒那樣大的危險，有什麼劫，我受就好。可惜人生沒有後悔藥。

震天呼喊中，我的耳朵不因此而遲鈍，反而更加靈敏。我聚精會神，尋找關於阿胤的一切聲音。

「阿蘅，我在這！」

我正在找他的同時，他也在找我。他的聲音穿透層層雜音，直直灌進我的耳裡。

我心頭大喜，推開旁邊的人，朝聲音來源擠去。在這危急時刻，我不能把他弄丟。

就在我努力往阿胤的方向移動，驀然聽見一聲狂烈的劈風響動，往的是阿胤的方向。我不明所以，思考一瞬，登時醒悟那是什麼，心跳如鼓，盡平生之力大吼道：「阿胤，小心——」

人潮如水中分排開，霹靂聲挾帶風雷，在地上刮開深深的溝壑如耕牛深犁，可見其力道之大。我內心著急，腳步比腦子先一步動作，以超常的速度朝阿胤奔去。

果然是驚天動地的一棒。我模糊地想著。

畢竟這裡是幻境，很多物理邏輯一放在此處便如浮雲。就如剛剛我發現那一棒朝阿胤飛來，我的起跑明明比那棒晚些，卻後發而先至，搶先一步到了阿胤的背後。

毫無懸念轟然巨響，不是轟在阿胤身上，而是轟在我胸前。

你祖宗的，要打死你家上帝了。我慘白著臉心中不忘大罵。

當那棒擊在我身上的時候的感覺，和當日我車禍的瞬間是一個概念。我可以清晰聽到骨頭裂開的微響，一抹腥甜在喉嚨裡凝聚，胸口悶得無法呼吸，鼻間吸進的空氣稀薄，我睜大眼，瞳孔裡倒映的是個陌生人的漠然臉孔，在擊中我之後轉身離去。

不是漢族。

阿胤一時還沒反應過來，才剛轉身，就看見一臉慘白的我。我定定望著他，沒有說話，半晌，他終於意識剛剛巨響可能是什麼，波瀾不驚的面貌終於有一絲碎裂，微張著口，吐出的音調細小如蚊蚋，充滿不可置信，「阿蘅……」

「傻瓜。」我強裝雲淡風輕地一笑，「沒事了，還不走啊。」說完，一口鮮血再也忍不住，嘩聲吐了出來，染紅他的戰甲披風。而我的整個身體則無力支撐，眼眸一閉，軟倒在他懷裡。

阿胤呼吸有些急促，彷彿受傷的是他不是我，慌忙將我攬住。模模糊糊中，我感覺到環住我的雙臂微微在顫抖，胸口一抹熾熱瘋狂鼓動跳躍。

他在……害怕嗎？

他將我打橫抱起。我沒有撐住，躺在他胸口，意識逐漸遠去。

不管是醒著還是睡去，我耳裡始終紛亂嘈雜。

顛簸中昏迷最容易作夢，我不知道外界發生了什麼，一時也忘記昏去前做過什麼事說過什麼話，一個夢毫無預警籠罩了我。在夢裡，我不斷行走著，像是走了很長遠的路，路途卻晦暗模糊，只有一個目標吸引著我不斷前進。遠方有一個背影，我步履越走越急，而那背影卻以等距前進，我長途跋涉，雙腿虛乏，那背影仍沒有停下腳步。

我張口，最終撐不住跌倒在地，正想喊她，人影倏然在眼前放大，清晰五官撞進我視野，我瞬間震驚得無法說話。

那張臉清秀蒼白，齊眉的瀏海，髮絲如緞隨意綁起，幾縷鬢髮垂於兩側，可不正正是我嗎！

雖然是一模一樣的臉孔，鑲嵌在雙眉以下的雙眼，卻是木訥呆滯的。她靜靜打量著我，良久才綳出一串如機械般平淡的嗓音。

「妳想回家嗎。」

我心底顫抖，不假思索回答，「想啊！」

如果可以回去，回到正常的日子，即使對未來充滿迷茫，但為了爸媽，為了小芸，我會嘗試努力下去。而我卻身在這裡……那個世界的我是死了吧？不知道小芸和爸媽會不會難過……

女孩得到我的回答，盯著我，卻再次陷入長長的沉默。我被她注視到有些發毛，可她像是不知道怎麼措詞般，皺了皺眉，之後木偶般的面孔再無表情，卻突兀地搖搖頭，我一回神，她又瞬然走遠。

我起身想追，女孩的身影瞬然隱沒，連讓人追逐的念想都沒了。我頹然，正想靜靜等待夢醒，不料驀然天光大明，我抬頭，卻發現使天際大放光明的竟不是陽光，而是一道巨大的閃電，直直朝我劈下來。我只感全身被撕裂分成兩半，再度沒有意識。

醒來時，我發現我躺在一張床上，周圍擺設樸素，粗略判斷，我應該身在平常民家。

我第一眼看見的是阿胤。他的神情有些憔悴，髮絲雜亂，下頷微青，想來守在我床前已有不少時日。

「我睡多久了？」我揉揉有些發疼的額頭問，低頭一看，胸口已經被包紮好，錯位的肋骨也已歸正。

是誰救的我？

我心中疑惑，環目一掃，這才發現，除了阿胤還有一個容貌溫婉的中年女子站在一旁，想來是她幫我治傷的。我心中感激，想起身道謝，卻被女子一把按住，「傷成這樣就別多禮了。」

被打中的瞬間，我是真的以為我要死了。我深吸一口氣。活著真好。

肋骨因大力呼吸而隱隱作痛，我臉色還是有些白，勉力綻開笑容，「總之還是謝謝你。」女子也朝我一笑道：「妳該謝的不是我，該謝這位公子。我真的第一次看見有人照顧病人那樣盡心的，衣不解帶，不眠不休守在妳床前……」

我古怪地看著阿胤。這個木頭也似的面癱也有貼心的時候？真是讓我大開眼界了。

看到我懷疑的神色，阿胤乾咳一聲，耳根冒出了不明意義的熱紅，「這還不是妳幫我受了那一棒嗎，如果真的就那麼死了我也不好意思……」

我噗嗤一笑。這楞頭面癱是說什麼啊……

中年女子接道：「姑娘妳也當真命大，幸好那一棒沒有粉碎妳的骨頭，我還可以接回去。如果不是他死守著妳，恐怕妳此刻已經在鬼門關了。」

倒也是。現實中連徐宗武那樣武功高強的將軍受到那棒都當場仆街了，何況是我。所幸他打到的是我的胸口，加上我在古代的軀體甚是強悍，既然能撞開屋瓦，受到一棒沒死倒不稀奇。

想到這裡，我吐吐舌，朝阿胤挑眉道：「行了，救命恩人，要本姑娘對你以身相許嗎？」

「……」阿胤耳根上的紅瞬間蔓延到雙頰。

最終我們沒有問治好我的中年女子姓名。問一個幻影姓名沒有意義。拜別了她，我們直接往京城趕去。

依照路上阿胤跟我所說，我大致釐清了我昏迷以後的狀況。

很多東西阿胤都隱去不言，他只說，在我昏迷時，直接帶我掠過千軍萬馬，直接飛出了漪回谷。

但是飛出去並不代表沒事。想來那些想坑徐宗武的人知道他們砸錯了人，派出大批刺客追擊我們，阿胤帶著我，又不方便使法術，逃亡之路想來很是驚險刺激。

然後，就一路躲進了一家民房，我運氣甚好，民房的主人是懂醫的。我傷勢不輕，也虧得她妙手仁心，我才免於一死。

有時候回想起來，為什麼我會那樣義無反顧擋在阿胤的身後？那瞬間，我完全將自己的生死置之度外，什麼也沒想，在茫茫黃沙中，只為了找他掌中熟悉的溫涼。

一切安定下來後，我才向阿胤問起徐宗武的現況。阿胤這才想起徐宗武還在泠淵戒內，連忙把他放出。

徐宗武被關進泠淵戒裡良久，此番被放出來，非但沒有任何惱怒，反而朝我們跪了下來。我驚詫之餘，旋即醒悟，我們出生入死為他擋了災劫，他給我們這一拜，倒是理所應當。我露出慈祥的笑容。寶寶莫怕，你家上帝會保護你的。

不知道他聽到什麼，阿胤側眸瞥向我，瞳孔閃爍難解的流光。

事情已完成一半，咱們就好人做到底，送佛送到西，讓徐宗武同我們一起易了容，潛回京城裡。

至於為什麼是潛，因為按照京裡眾官員們的說法，徐宗武現在應該是個死人，如果隨便以活人之姿攤在眾人的面前，第一，可能會把人嚇病，第二，會引出更多魑魅魍魎把徐宗武重新變回死人。為了達成目的，他們什麼都做得出。這次沒有真實歷史借鏡，我們恐怕就保不了他了。

我們回來的時間距離當日漪回谷之戰兩個月，還來得及，染荷應該還沒跳湖。我們三個全部扮成菜販，避過京城錯綜複雜的眼線，潛回了徐府。在所有家僕不注意的空檔，由徐宗武帶路，帶我們溜進了他和染荷的寢居。

悄然輕巧地打開門，徐宗武第一眼看到的是染荷消瘦的身影。

她獨自坐在亭中，一身白衣，無力地倚在亭柱上，桌上凌亂的酒觴，黃花在西風中逐漸枯捲，落在地上鋪成深黃的地毯，腳踩處泥跡氾濫。

想來，染荷已經接到了徐宗武的死訊，也同她父母吵過架了。

徐宗武在看見染荷的時候，褪去了沙場上的鋒利，變回染荷平日所見的儒雅模樣。他的溫柔只在她面前展現。他步履很輕，緩緩朝自己的妻子移去，而我和阿胤在不遠處靜靜看著。

「染荷。」彷如初見般的小心翼翼，他聲調輕得如碎羽浮花。在染荷聽見他聲音的剎那，驀然瞪大了眼，轉身對上丈夫的眼睛。

亭內陷入長長靜默，她望著丈夫，一雙原本死氣沉沉的雙眸先是深藏哀痛，而後寫滿了不可置信，最終眸底綻出了燦亮的花火，顫聲道：「這是夢嗎？阿武，這是夢嗎……我看見你了！」

徐宗武的表情百感交擊，他知道他是歷經多大的兇險才有機會再見妻子一面。如果他戰場上死了，他的摯愛在這冰冷的世界會怎麼過，他想都不敢想。他很快把她抱到懷裡，「沒錯，是我。但這不是夢，我真的在這裡。」

丈夫胸口是溫熱的，就如他出征前的昔別一晚，他用血肉之軀告訴她，她是他此生的唯一。

染荷的淚流了下來，浸濕他的衣襟，「他說你死了，在漪回谷中隨著三千軍一起全軍覆沒……」

她等了他三年，回來的是他的半邊血衣，連屍首都找不著，連給她記憶的念想都沒有。自她發現對她丈夫下手的有她爹娘在內時，她徹底萬念俱灰，鎮日以酒精麻醉自己，她想，待守孝三月一過，她便隨他而去，無論他在三生石旁，還是在忘川河間，她都要找到他。

可是，在她覺得對人世已經喪失了希望，他卻回來了，活生生地告訴她——我在。

什麼悲慘都可以加諸在她的身上，只要他在，一切都是救贖。

我站在不遠處，唇角勾起了笑痕。即使這裡是我造出的幻境，徐宗武也是我造出的幻影，但也讓染荷找回了人世的美好。如此，我受的那一棒九死一生，也值了。

「真好。」我笑意盈盈，和阿胤一起朝相擁的患難夫妻走去，「今夜之後，你們遠走高飛吧。」

只要確認他們活得幸福，我的任務便算完了。然後，把染荷的魂魄畫進紙張，至此後，秦家再無鬼患。

「遠走高飛？」顯然看到外人時，染荷甚是意外，疑惑的目光投向徐宗武。

阿胤本來已經攥住了我的衣袖，眼見我突然開口，錯愕了陣，欲言又止。

徐宗武攏了攏她凌亂的髮絲，輕描淡寫地笑道：「是他們救了我。染荷，這個地方不值得我們待，我們浪跡天涯，好嗎？」

染荷回頭又望了一眼我們，淺淺頷首，算是道了謝，眸中卻倏忽閃過複雜的光芒，是我無法解讀的東西。

她望向我的眼神最是複雜深刻，良久，她突然道：「姑娘，戌時還請來此一敘。」語畢，與徐宗武一起回到了寢居。

我心緒略一紊亂。她突然要單獨找我，是想要做什麼呢？

第七章　去念

夜涼如水，我獨自站在亭中，望著滿天繁星點點若有所思。

我想，依照染荷的性格，應該不會去在意我一個外人。她突然找我，該不會是……

思緒紛亂之間，一個輕微的腳步緩緩朝我踏來。

染荷依舊一身白衣，如同我第一眼見到她，素簪綰髮，秀目煙眉，恆常的清麗模樣，可以是山間的山鬼，也可以是溫婉的大家閨秀。

她緩緩朝我移近，目光始終不離我眼睛，彷彿將我一眼看穿，看穿了世事透徹。

「請問姑娘姓名，何故救我夫君？」染荷忽然清清淺淺開口，第一句就讓我有些招架不住的感覺。

我只覺得頭皮發麻，強顏笑道：「我叫柳蘅，徐夫人，突然私下找我有何要事？」

心中隱隱有個答案，這個答案令我不安，我直視她，企圖從她眼中看出哪怕半絲端倪，可惜徒勞無功。

染荷突然長嘆了一口氣，「柳蘅，我處的地方只是個幻境吧，妳把我困到這裡來，是打算做什麼呢？」

我瞬間放大眼眸。完蛋，她看穿了。

染荷歪頭思索，美眸流光清澈，「妳是個畫魂師，如今造一個幻境，是要將我的魂魄困進紙中？」

她怎麼都知道……我快要哭出來。

我只是個初階的畫魂師，還有很多不是太懂，第一次畫魂就出很多紕漏。我不知道一但被畫的魂魄發現她身處的是幻境，將會發生什麼事……

我突然想起阿胤當時欲言又止的樣子。難道，被畫的魂在幻境中不能看見畫魂師，不然會被識破？

糟糕了……

心如亂麻，我不知道該回答什麼。

只見染荷依然定定望著我，一雙清透如溪的眸逐漸被染得混沌。

她冉冉飄起，排山倒海的戾氣在她身周環繞暴漲，震得亭間簌簌搖動。白衣如流雲狂肆而舞，她的聲線帶有混濁回音，清清冷冷在我耳邊響動，「妳不會知道，我要為阿武報仇已經等了十年。如今妳一個初階畫魂師，便妄想渡化我的執念嗎？」

我愣愣望著她，沒有回答。是的，是我妄想，妄想以自己的能力扭轉我所看到的悲劇，卻無暇顧及別人會如何想。染荷的想法沒有錯，我卻要殘忍地要她接受虛假……

幻境有些承受不住她磅礡的力量，我按住心房，尖銳的痛楚在我胸口凌遲，一點一滴逐漸擴散，無力跪倒在地上。我無助地仰望著她，想說話，難以言喻的疼卻壓得我半句也說不出來。

這個我倒知道，幻境如果被毀，造境的畫魂師必遭反噬。只是我不知道，真正反噬要付的代價是什麼……

「阿蘅！」無邊的混亂中，我聽到阿胤喚我一聲，拔步往我這裡趕來，一把將我扶起。他瞥了眼以厲鬼之姿示人的染荷，雙眉一揚，掌心靈光迸現，打算不顧幻境，施展法術滅去她。

「阿胤。」我好不容易攢出一絲力氣，連忙阻止他，閉上眼氣若游絲，「住手……」

阿胤聽到我的阻止，立時醒悟，如果他啟動法術，只會讓幻境崩塌得更快，幻境被強行震毀會對畫魂師造成什麼傷害，他比我更清楚，連忙收回了手。戾氣的蔓延還在繼續，阿胤一咬牙，扶住我的腰道：「罷了，還是先帶妳出去……出口在哪？」

我搖了搖頭。

「沒有出口？」阿胤俊眉深深擰起，問我道：「那怎麼辦？」

「沒怎麼辦，涼拌炒雞蛋唄……」我隨口開了一句玩笑，瞥見阿胤神色嚴謹，這才認真地回道：「不是沒有出口，而是我現在還不想出去。」

「不想出去？」阿胤瞠眸，不可置信道：「為什麼？」

我還沒回答，砰的一聲亭柱傾塌，阿胤眼明手快，輕巧躍出亭外，所幸紛灑而落的碎石沒有砸到我們。我好不容易緩住疼痛回頭，正好掃見一抹儒雅身影站在染荷背後，深濃的哀傷在天搖地動中擴張。

「……染荷。」

那一聲柔喚微弱得隨時會被震搖聲淹沒，卻及時止住了山河顫抖，歸於寧靜。

染荷震了一震，終於變回塵世的模樣，回過身來，與徐宗武四目相投。那樣大的動靜不可能人皆毫無覺察，凝止之時，我聽見驚叫聲此起彼落，長嘆一聲，忍著胸口舊傷新傷一齊傳來的刺骨疼痛，再一次施術靜止了時間。

「染荷，妳認為我是個幻影，所以妳要滅了我嗎？」徐宗武問得很是輕柔，眸底所蘊藏的明顯是極為心痛的情緒。

染荷沒有說話，本來倔強的眼睛逐漸泛出柔軟的光，一雙手愈握愈緊。徐宗武一步向前，如當日問她名字時那般執起了她的手，一字一字忍著錐心的疼痛輕輕問她，「染荷，回答我。」

我覺得我該開解一下她，無論如何，事情還是有了轉機。我揉揉還在發疼的心口，深吸一口氣，朝染荷走了過去，走到她的面前，緩緩發話。

「染荷，妳覺得什麼是真實，什麼又是幻境呢？對於我們認為的幻影來說，這裡一切是他們的全部。而我們所處的世界，對他們來說才是幻境，因為太遙不可及。這裡的徐宗武對妳的愛是真的，此情真心，妳如何能相負。有一些人，常常執著於真實與虛幻的界限，又有誰能真正明白，那根本不需要。一個人以為他從夢中醒來，又怎麼會知道他根本沒有清醒，醒來只是為了處身到另一個夢境罷了，既然如此，身在何處又何需去刻意在乎呢？」

在現代我翻起莊周古卷，看見莊周夢蝶的篇章時，我心中便思考過這類議題。夢中的蝶從不會認為自己是莊周，就如莊周從不會認為自己是蝶一樣。既然如此，世人何必強迫讓莊周認為自己是蝶，又讓夢蝶認為自己是莊周呢？

一個人，該選擇對自己最好的方式活。就如我，我身在我不知道的異世，在現代人的眼中恐怕就是我做的一場夢，然而，若我強迫夢醒，現代的軀體被撞成那樣，最後變成醫院裡一生禁錮的植物人，即使不是，不再健康的我恐怕也失去了對未來的鬥志，既然如此，夢醒有何意義？

至少在這個異世，我健康快樂地活著。我也該把握這份幸運。

許多人總是說，該面對現實。可現實總是太過慘烈，就如她、也如我，但凡是個正常人，都會選擇逃到夢中，這是人類的本能，無法輕易杜絕。除非是仙佛，可以雲淡風輕看淡一切。

唯一難以原諒的，是那種經歷些許逆境便輕言放棄的人。事情如果還沒到山窮水盡的確應該勇敢面對。然而，到我們這樣走無可走的絕壁，反而幻境是種絕處逢生。拿染荷來說，在幻境中她明明可以是有血有肉的活人，就該把握幸福，死守著仇恨究竟有什麼意思？逆天以厲魂之身執行因果，就此魂飛魄散，不該是染荷的結局。

我那大串話丟下來，染荷有些怔忡。戾氣在她的遲疑中逐漸消滅，我見她動搖，上前親切握住她的手，「染荷，好夢易破易盡，妳要惜夢。」

「惜夢嗎……」她似哭似笑地與我對視，啞聲道：「我的魂魄被晝以後會如何？」

我老實回答她，「百年之後由忘川解封，將忘記前塵。以後妳和徐宗武的魂魄會各自轉世，至於還有沒有緣，自有天意。」

染荷靜靜地望向一旁的丈夫，呼吸有些不穩。此時的她，面臨抉擇。如果她選擇回到現實毀滅一切，連現在失而復得的溫暖也會被她親手毀掉。虛假嗎……其實真實世界之中又有多少是真實，這個世界既然有他，她又何必逃開……

十年身為厲鬼，她都快忘了，生前她與他的繾綣是怎麼樣的。生前的傷心在這裡變成一場夢，驀然醒來，父母的狠心，山中的搏殺，丈夫與自己生死相隔，廟堂之上依舊不停的算計，每當回想，仍讓她懼得發抖。她曾經想與這些不美好的東西一起玉石俱焚，卻沒想過，如果在陰間的丈夫知曉，又會如何。

她知道的。他一直把她當一個小動物，珍重地攏在手心，仔細對待。他喜歡看她笑，不喜歡看她哭。所以，她不會哭。不會在任何人面前流半滴淚。

染荷素白的手指絞弄衣襬，長長的靜謐如要讓人窒息。她思索片刻，終是突兀地一聲輕笑，「好。」

我露出笑容。

任務已經完成，我神念一動，幻境的出口在我身旁擴大。我抓住阿胤的手，左手不忘對染荷和徐宗武一揮，對他們大聲呼喊道：「記得，你們要幸福！」才不枉了我們多年苦心和差點打進鬼門的一棒。

幻境行進了三年，現實中卻只有過去一炷香而已。不知情的人看到，還以為我畫一半打了盹，又有誰會知曉我和阿胤所經歷的驚心動魄。

我魂魄歸位，指下流暢振筆，憑本能繪出精妙的水墨丹青江湖深淺，意念如溪水清透，不存半絲雜質。

「去念，可否？」慈悲地將被執念染得混濁不堪的魂魄收入紙張，我輕輕問著尚未瞑目的身影。

雖知道她不會回答，我還是問了出來。

如果執念毫無意義，那就去了念想吧。對她對大家都好。

一幅畫很快畫就，畫中正是染荷與徐宗武初見的靈山秀水，中心的大湖光可鑑人。柳思望了望我所繪的畫，點頭以示嘉許，下一句卻劈頭問道：「妳在幻境裡是大戰神獸了是不是，為什麼還吐血了？」

我瞥眼看見地上的一灘血跡，心頭一怵。我底個神哪，靈魂受個傷還真的會反應到身體上的啊……

我臉一紅，尷尬咳一聲道：「我說師兄，你瞧我的資質有辦法去大戰神獸嗎？」

柳思對著我上下打量半晌，淡淡地扣響桌面，「看來有的。」

「……」

染荷的魂魄被我畫起之後，秦家便真的沒了鬼患。秦家老爺很感激我，送了我們大批金銀，我毫不客氣地收了。那老爺不是好人，多收他幾個錢我不會有任何愧疚。

十日後，在我們撈足了秦家的油水，三個人終於再次啟程。

我沒有打算為染荷報仇。不是路見不平卻不拔刀相助，而是因為我相信，善惡因果自有天定，無需我去逆天插足。染荷自己更不需要。

所以，順其自然吧。

我們四處體會風土民情，過了約莫兩月，我們進了一個小鎮。

我一向好奇心重，在現代最大嗜好就是逛街，看見這雖不如京城繁華卻有許多奇珍異玩的街道，一時見獵心喜，迫不及待想要在街上大逛特逛。

我們在鎮上隨意投了客棧，上一次在秦家賺到不少銀子，我也不客氣拿秦家老爺的銀子開了兩間上房。

「一會兒又要出去買一堆有的沒的，然後連客棧錢也不省省，妳不擔心沒多久又沒錢嗎？」柳思看我豪氣地將幾兩銀子直接甩到掌櫃的桌子上，抽抽唇角無奈問我。

柳思的疑惑倒不是第一次，我挑起半邊淡眉，無所謂道：「一個人，就該選對自己最好的方式活。沒錢的話再賺唄，留著銀子難道養老？你不嫌重得慌我都嫌了。」

柳思還要再講，我突然想起一件事，誇張叫了一聲，「啊呀，差點忘了這次畫魂你就只陪我在憶境裡走過一遭，既然你有這個自覺，而且有為我們省錢的美德，那麼這次你就別上街了，採買這種重責大任就交給我和阿胤吧。」

被我一通搶白，柳思無言地摸摸鼻子。

我露出勝利的笑容，把手中裝畫的包袱倏地扔給柳思，無視他在接我的包袱時手忙腳亂的情狀，燦笑牽起始終沒說半句話的阿胤，大步流星走到門口，「留在客棧幫我們顧包袱囉！」

「……」

餘光一瞥，我隱約看見柳思盯著我和阿胤握緊的手若有所思。

經過一個時辰，我一蹦一跳絲毫不嫌累地從街頭蹦到了巷尾，疑似精神力過度旺盛的我，連阿胤也無奈搖頭，卻也不動聲色將我買下的東西收進冷淵戒，讓我和他不致於負擔過重。

「阿胤！你來看你過來看！」走到一家擺著琳瑯滿目的飾品攤位，讓一向愛好手工藝品的我雙眼放光，連忙拉了阿胤來。

女孩子基本上都喜歡閃亮的東西，我也不例外，國中和高中的社團都毫不猶豫地選了手工藝社，以製作工藝品為樂。到了古代我習性依然未改。

挑挑揀揀了半天，阿胤倒也耐心，沒有任何催促，只是靜靜看著我挑。到最後，我取起了一枝垂掛著紫蝶吊墜的木簪，抬起來笑著問阿胤，「這個你覺得好看嗎？」

「好看。」他只瞥了髮簪一眼，直直對上我的眼睛。

「想來這位應該是公子的娘子吧？」一旁攤販忽然插嘴一句，強力推銷，「這簪雖材質並不特別名貴，但看起來挺適合你家娘子，買一枝給娘子讓她開心開心啊。」

阿胤微微一僵，凌厲地瞪了攤販一眼，卻沒有否認他的話。

「大叔誤會了，我們只是朋友而已。」我解釋一句，沒有注意他微妙舉動，笑著付了錢，拉著阿胤步到人潮較少的暗巷，將手中髮簪遞到阿胤手裡，笑道：「每次自己戴都會戴歪，你幫我簪一下好不好？」

阿胤怔了一下，拈起髮簪，修長的指極緩極細心地繞過我的耳朵，將簪子一點一點嵌進我的髮髻。

他的腕輕輕擦過我的頰，不知道為何我的頰有些熱。我定定望著他。那一瞬，紅塵紛繁裡，歲月靜好。

夕陽西下，鎮上人流漸散，我和阿胤並肩而行，殘暉在我們身上拉出長長的影子。

「為什麼要澄清？」沉默了半天，阿胤忽然悶聲問了一句。

「啊？」腦袋一時沒轉回來，我歪過頭疑惑應他一聲，想了一會才反應過來，「你是說攤販的事？你不是蠻生氣的嗎？」

「誰說我生氣了。」阿胤的聲音悶如蒸鍋。

他話語裡的煩悶究竟是怎麼回事？我歪頭思索，想起一路在擁擠的街上差點撲到阿胤身上的熱情姑娘，還有一大片的熾烈目光，立時恍然。

「喔。」我揚起理解的笑容，「原來你是怕被姑娘纏呀，沒關係，以後我被當成你老婆絕對不解釋。」

「……妳故意的吧。」

「啊？」我丈二金鋼摸不著頭腦。

對話以莫名其妙的問題開場，又在語焉不詳中結束。真是的，阿胤在想什麼啊。

＊＊＊

柳思一臉吃驚地看著在街上已經逛了整天卻依然活蹦亂跳的我衝進房間，後面還跟著一臉陰暗的阿胤，在我倆進了房間後阿胤便關了門。

「柳思，你還沒有吃晚餐吧？」我把路上買的零食扔給他，坐在几前，一手支頰，無聊道：「明天，要去哪裡呢……」

「怎麼突然變得那麼愛玩了？」柳思隨便咬了一口糖葫蘆，似笑非笑望著我。

我嚴肅地說：「自從我從染荷的幻境中出來後，更加深刻明白，現在擁有的東西應該要加倍珍惜。所以，要用盡我全部的心力感受一切。」

柳思忽然對我曖昧地眨眨眼睛，身體微微前傾，靠近了我一點，「那妳打算珍惜一下師兄我嗎？」

我一陣侷促，連忙伸出手把他推遠，道：「你就算了吧！」

「喂，傷害本師兄妳這樣對嗎！」

「不服你咬我啊！」我挑釁勾指，放我和阿胤自己奮戰就算了，讓你事後還這樣損我。

正笑鬧間，門口忽然響起一聲輕叩。阿胤耳力最好，立刻警醒起身，「誰？」

我和柳思止了笑鬧，齊齊望向門口。

過了半晌，一聲低沉而溫和的嗓音自門口響起，「請問裡面的是柳、九方兩位公子和柳姑娘嗎？」

柳思細辨聲線，忽然瞪大眼睛，慎重道：「阿蘅，去開門。」

我不知道來者是何方神聖，但還是聽了柳思的話上前開門。

迎面而來是一張中年人的謙和笑臉。

站在門口的人衣著不凡，自稱是個管家，奉主人之命而來。我十分震驚，以他軒昂的儀表來看，竟只是個管家，由此可見，他的主人應該更加不凡，至少不應該是尋常的大戶人家。

至於他為什麼會來找我們，他沒有透露太多，只說他們府裡中了邪，只有畫魂師能處理。

他意義不言而明，他們府上哪裡是中邪，分明是鬧鬼。不過管家似乎有什麼難言之隱，所以我不說破。

只是我很奇怪，我們都這麼低調了，他們怎麼找到我們，又知道我們是畫魂師的？

當我將我的疑惑告訴柳思，他轉過頭來，比我更疑惑地挑眉，「剛下山時被仇家追過一路，是那主人救得我們，妳連這個也忘了？」

我用力拍額，只恨我剛剛為什麼發了話。不過沒幾秒，就好了傷疤忘記疼，吃驚地問他：「什麼，我們有仇家？」

阿胤的眼神瞥了過來，柳思好氣又好笑地搖了搖頭，卻沒有回答。

《蟬衣》

師兄愣了愣，喃喃道：「妳死也要護著他。」

她的力量不夠強大，卻掙扎著用單薄的身軀扛起世間沉重殘忍的命運，用自己的方法保她的至情與至親無虞。這便是她。她看似無情，心中卻似一團烈火。一旦觸及，不惜一切，甚至同歸於盡亦再所不惜。

第八章　灼陽

他們待禮很是隆重，看來一路上我們三人不必奔波勞累，隔日一早，直接坐馬車駛進了夢雨城。

夢雨城位在凌昕朝疆土的極東南，是個多雨的暖地，之所以稱為夢雨，是因為多雨到其中居民連夢中都可以看到雨。如此，稻米等農作隨便一種就可以種得好，是以王朝的糧食供應都是從那裡，並有「夢雨毀，天下饑」的俗語。

管家把我們帶進了這城，以此城的豐饒程度，證明來請我們的那個主人的確不凡。

後來我們入了那主人的府，見到了傳說中的不凡人物，我才知道，請我們來的竟是個王爺。

初見時，是在一個春光爛漫的早晨，他坐在亭中，裡頭的方桌與圓椅是石子打磨而成，光滑冰涼。那時我們站在亭外的不遠處，由白玉砌成的明階反射陽光的灼芒，樹影在地上斑駁，風中搖晃不止，沙沙作響。而亭裡的人華衣玉帶，手握茶盞，瑩白的指幾乎要與白瓷融為一體，唯有茶盞上勾勒的濃釉青花可證明他指頭輪廓的存在，笑意溫和清淺如同溫玉。臉型輪廓並不甚深，眼眸狹長，算不得太英俊的一張臉，卻耐看舒心。

這王爺名喚君陌宸，經過我還沒見他以前向家僕們一番八卦後打聽到，據說他是當年宣帝君

懷殤的四世孫，越秦還未被篡位前便已有王名，封地楚國四代，難怪地位那樣穩固。雖現在改朝換代，但他偏安一方，封地佔有一定分量，所以昔日的丞相——也就是現今的皇帝，沒有抹去他的王名，讓他在夢雨城繼續當他的閒散王族。

前提是他要一直保持著無害的狀態才行。

至於他那樣的一個風雲人物為何會找上我們，我們弄了片刻才大致釐清。

原來，楚王府內中了邪，楚王除了正妃，一干姬妾一夕暴亡。

當我聽到這消息時，淡定如我也大大震驚了一把。起碼我在畫染荷之前，她的魂魄只是把眾小妾一齊嚇病，而且先決條件還是她們的心性太過脆弱，我見著她也從未害怕過。而這次這個不知來歷的惡靈竟把人全給殺了，此魂忒也殘暴兇猛。

「所以說，你找我們來，只是要我們把惡魂畫下？」我總覺得事情不單純，楚王府不可能在什麼事都沒做的狀況下招來惡魂，定然其中有人對不起它，而事情的經過君陌宸應該要很清楚。要畫魂可以，首先要讓我知曉其中的是非黑白。

君陌宸斂起眼眸，將茶杯輕輕放回桌面，叩的一聲輕響，「聽說畫魂師有透過幻境來追溯過去的能力，本王想知道，那惡魂究竟為何而來。」

原來他也不知道嗎？我陷入疑惑。

想是君陌宸遍找道士收魂無用，安撫也無效，記得有畫魂師的存在，所以才以那麼大陣仗迎我們過來。

連道士都收不得，此魂果然剽悍。也不知我收得不收得。

柳思表示，這次為了增加我的畫魂經驗，他這次也不插手。我開始想像如果我畫魂失敗，柳思會如何想扒我的皮，思考起來就加倍驚悚。

這場會面極是短暫。君陌宸讓家僕準備了兩個房間予我們，意思是讓我們找個良辰吉日把事給辦了。我當然知道事不能拖。

臨走前，我想起一種可能，隨口問他道：「王爺，你是否曾經遇過一個女子，之後又不再見了？」

聽到我那句，君陌宸神情恍惚，卻是茫然不解的模樣。他對上我的視線，眸底閃爍難辨的光芒，良久，才突兀的一聲，調子像二胡拉出的一般淒啞，「沒有。」

我覺得整個王府問題很大，換句話說，此地不怎麼正常。不是因為府裡的人精神全部不正常，而是我感覺到可能有一個往事被人刻意湮滅，那個往事是禁忌，才會被強迫遺忘埋葬。看君陌宸似是從來都沒記得過一樣，剛剛我那個問題，又似是記起什麼又不願記起的神情，其中玄機不得不讓我去探究。

是誰，想刻意埋葬？

我們回到小閣，關起門來細細討論。

天光明亮，照得房內鮮明清晰。我們三人各取了一張椅坐下，圍在木桌前，我一手支著頰，來回向阿胤和柳思各望一眼。

我想，惡靈既然殺的全是小妾而不是婢女家僕，有一種可能，那便是情殺。有可能惡靈生前極是愛慕君陌宸，而他不知情。她容不得他鍾愛其他女子，所以一干小妾全倒楣，但是為什麼正妃沒死，這是個很難解釋的問題；抑或者，惡靈其實是男子所化，他愛上的是府裡所有的小妾，因為小妾們全部前撲後繼地嫁了王爺，心懷羞憤，所以化成厲鬼索命，可是為什麼王爺還健在又是一個新問題；又或者，其實那男子愛慕的是王爺本人，動機結局同上……

當我把這些猜測說給柳思和阿胤聽，柳思似笑非笑望著我，望得我一陣頭皮發麻。僵了半天，他才輕輕扣了扣桌面，笑道：「我倒沒想到，相處那麼久，這才知道阿蘅思想如此前衛。」

呃，他的意思是以前的柳蘅思想保守嗎？如果是就糟糕了……

我乾笑一聲，「人總是要多方面考慮問題啊，我總不能永遠保持現狀，思想會蛻變也是正常的嘛……」

此話一出，阿胤也怪裡怪氣把我望著。

我說錯什麼了？怎麼有種越描越黑的悲劇感……我低頭，悲摧地跑角落畫圈圈去了。

「回來。」柳思高深地摸摸下巴，我這才委屈地坐回原位。他思考了陣，道：「阿蘅的猜測不無道理，我們現在要儘快引那惡魂現身，如果阿蘅的猜測沒有錯，那麼惡魂必定十分在意君陌宸，要引出它，必須從他身上入手。」

果然是柳思比較有經驗，一句話就直達重點，我雙目晶亮地望著他，「怎麼引？」

柳思好整以暇地取了水壺倒水飲下，「我就幫到這，剩下的自己想辦法囉。」

「……」我不知道我耗費了多少力氣才沒有兩爪子掐上去。

我不可能次次都那麼幸運，想畫的魂和想得到的八卦都會沒事自己撞上來，所以我必須有所動作。

「可怎麼動作？總不成是找刺客來毆打君陌宸一陣，激發惡魂的保護欲？」

我脫口說出這想法，立即引來柳思嫌棄一瞥，「阿蘅，妳真是個暴力的姑娘。」

我瞬間炸毛，咬牙切齒道：「打算作壁上觀的一邊去。」

既然要從君陌宸身上著手，究竟要怎麼在避免暴力的狀態下引出那惡魂呢？

我花了三天的時間研究了君陌宸的作息。

我的想法是，惡魂如此在乎他，行蹤和君陌宸必有關聯。

研究三天，我發現君陌宸每天必定會去一個地方。那個地方是一個亭閣，久久沒有人清掃，已經荒廢，但君陌宸總是喜歡坐在亭內的琴案前，像是緬懷著什麼，雙眸卻一片茫然。

我想問家僕廢棄的亭閣之前究竟住著誰，但被問的人無一不露出驚恐的神色跑開。真不知道他們在害怕什麼。我雲裡霧裡，理不出個所以然來。

雖然不知道那樓閣之前是誰住的，但我下意識覺得，惡魂一定會到那個地方去。

一天，水光瀲灩晴方好，我們不定時地在那地方附近徘徊，終於見到了傳說中的惡靈。她站在陽光下，目光晶亮，一身紅衣如天邊灼陽，逆光之下看不清她的臉容，如緞墨絲閃爍柔軟的光，身形窈窕婀娜，竟是一個美人。

雖然看不到她容貌，但我覺得她美得無法逼視，如污泥裡堅強生長的蓮，出塵而不掩鋒利的貴氣，與染荷的柔婉截然不同。當我看到她時，不禁暗嘆，這惡靈若真是因為求而不得含恨而死，君陌宸實在遲鈍至極。被如此美人愛慕上，就算不是菜，是男人就該知覺到，還弄得她含怨而死，真是阿彌陀佛。

阿胤一見到她，一張冰塊面癱臉閃過凝重的神色，抬指掐訣靈光乍起，仙劍已經在手，霍地往她刺去。

阿胤的劍含了道法，挾帶著風雷之聲，是邪物最害怕的東西，女鬼不敢託大，不知從何處抽出一把短匕，側身往來劍上輕描淡寫一撥，仙劍竟被盪了開去。她是鬼魅，出招速度肉眼無法看清，格開仙劍後不是逃走，反而飄上前便是一輪急攻，短匕化成一道道繚繞的流星雨，忽前忽後忽左忽右，阿胤面容凝重，無數次移行換位，才堪堪應對女鬼的攻擊。他仰身剛躲過刺向頸部的一劍，短匕已如凝練的流光般橫向朝他的後背劃過來，阿胤這一仰身差點就這樣撞上去，看得我為他捏一把冷汗。好在阿胤早有防備，將手中劍一拋，以意念指引迅捷而飛，只見仙劍自帶靈性從下往後繞過，叮的一聲金屬交鳴，兩劍一橫一豎呈十字在阿胤背後僵持，短匕顯然想抽回卻被仙劍鎮住。他側過身來，握住兀自震顫的劍，與女鬼四目相對，雙唇開開合合，咒音細細，卻清晰無比傳進女鬼的耳朵。

常人時常認為所有鬼魂都不能在陽光下，否則會魂飛魄散，其實不然。有些執念太深的魂魄，會隨著時間轉變成另種形態，這個形態可以被人看見，也可以觸及或使用凡間物品，更不會懼怕陽光，這型態我們稱為慮人，徘徊在人與鬼之間，執念不散便不能輪迴。

我望了眼女子手中的劍，看來，她已經無限接近那種狀態了。

真是個執著的姑娘，她在執著什麼呢？

經過一陣鬥法後，女鬼終於敗下陣來，被阿胤的拘魂術困住。女鬼面容在靜止時終於清晰凝出，是一張富麗如牡丹的容顏，兩鬢垂於雙頰，眉心一點梅妝，在張揚的美貌上平添一絲靜雅清淡，深濃的眉與雪白的臉，雙睫微揚，明明是柔媚的秋水明眸，卻有一股戾氣暗藏其中。她凝視著阿胤幾瞬，唇角輕輕牽起，「是你？」

阿胤像是想起什麼，臉色有剎那的蒼白。

而我沒有時間去研究那蒼白是因為什麼，下意識抓緊阿胤的手，我們一齊捲入了她的憶境。

不同於上次經歷的光怪陸離，入目的全是刺目的白光，阿胤擔心我眼睛受傷，抬手掩住了我的眸。直到在眼皮與手指透出的亮橘逐漸褪成黑暗，他移開了手，我睜眸，好奇地望著四方。

入眼一片鮮豔的紅，由夜明珠照得整樓星光璀璨，絲竹輕起，樓心舞姬揮袖翩躚，四周擺了長長方桌，無數衣著華麗腦滿腸肥之人手握酒觴，腳步踉蹌向四周敬酒，顯然是醉得不輕。滿樓暗香裊裊，喧聲笑語不斷。而我們正站在階上，階梯是由上好的檀木打造，來往行走的人踏上，發出沉重的回音，音律獨特，另有風情。

我微微一懵，這裡是哪裡？如果是皇宮，不該嘈雜成這樣，不過以此樓奢華，我覺得可與皇宮一拼了。

不遠處的聲響立即給了我們解答。臨近樓梯口的那扇門清晰傳來濕漉的磨擦水聲，水聲中夾著人語，嬌嬌軟軟但語不成句，多半夾雜著呻吟，含著痛楚又是暢快的聲調。女音呻吟還雜了男子的晦暗低喘，一句輕笑從門後傳了過來，「真會夾。」

是個人都該知道門後都在做什麼了。我臉色尷尬地刷起一片燒紅，趕緊拉了阿胤下樓，至少別聽見那引人遐想的聲音，天知道阿胤聽到這些會起些什麼奇怪的反應……

從樓內奢靡氣場，加上剛剛不小心聽到的活春宮，我大致知道此處是什麼地方了。這應是座青樓，而且還是挺有名的青樓。

為什麼那女子的憶境第一幕是青樓？難道她是妓女出身？

對於妓女這個職業，我沒有鄙視，只是深深驚詫著。如果那女子身而為妓，我替她惋惜。她是那樣高貴清雅的一個人，怎甘心屈於風塵，任人輕蔑踐踏？我不鄙視，不代表別人便不會……

「來了來了，蝶衣姑娘出來了——」

兀自怔忡，也不知誰發出的一聲喊，阿胤突然拉起我，轉到沒人注意的角落。我站在他身後，踮起腳尖靠在他肩上，從肩頭好奇地往外看，「你說，這蝶衣姑娘會不會就是她啊？」

「悄點聲。」阿胤不答，冷聲提醒。

樓內橫樑交錯，隨著一人企盼的喜呼，一個如烈火燃燒的紅影從縱橫木柱中翩然而落。夜明珠通明的掩映下，她的容顏不施脂粉，唇不點而朱，青絲一半隨意綰起，另一半的青絲飄揚空中，如同一張大網，要把眾人的心一齊捕來。唇邊微勾笑痕，笑得似真似假，瞬間我無法窺探她心思。

就是她了。微微瞇起眼，我暗自思量。

我同外層的打雜小廝打聽了會，得知她姓楚，名蝶衣。而現在是越秦曆三百九十二年，比染荷的時代還早了十年左右。

從她的容貌和名字，我幾乎可以判定她絕非一般妓女，定是豔冠一方的名妓，難怪她可以有如此傲骨。

一般妓女無姓。即使從前有姓，通常入了青樓，只能換上另一個代名。而楚蝶衣竟能保持原名原姓，可見此地對她的尊敬。
可她為什麼最後會死呢？
楚蝶衣身輕如燕，冉冉飄進場中，中心一座打磨光滑的玉台。她環視周圍一圈，目光清冷，見者只覺得冷波浸心，不禁打了個寒顫。她望了好一會，突然在場外的某個角落中定住。
我順著她的眼光看過去，她靜靜凝視的那個人面孔稍嫌圓潤，輪廓只是淺淺勾勒幾筆，雖然耐看舒心，卻是可能見過即忘的一張臉。這是……二十年前的君陌宸。
我蹙眉，原來他們的初見是那樣的。
他們的目光像是相會很久，卻只有彈指轉瞬，很快錯了開去，似只是偶然交會。她直視前方，眼裡再無他人，就在這時，婦人尖細的嗓音響了起來，「這是咱們蝶衣標價初夜的日子，但是你們也知道，咱們蝶衣就是特別，她喜歡武功強的，若是武功比她弱的人，她不願意委身……」
標價初夜？我瞪大了眼，和阿胤對望。
楚蝶衣忽然冷冷眄過去一眼，婦人吞了口唾沫，立時止了聲。只見她從袖下抽出一把匕首，斜執而立，話語言簡易賅，「誰要標價的，先打得過我再做理會。」
一句話惹起了全場如炸開鍋一樣的沸騰。
這是玩比武招親的意思嗎？我略傻眼。
可這不是招親是在賣自己的貞潔啊！
美人在前，不管在場的人夠不夠斤兩，全部前撲後繼，卻被楚蝶衣三兩下放倒。有的更是直接被飛足踢下台去，連一招也接不住，足見楚蝶衣剽悍本色，可見一斑。

只有君陌宸沒上場。他看著台上如鬼魅般飄忽穿梭的身影，狹長的眸微彎，唇角勾起，舉觴傾酒飲下。

很快的，楚蝶衣已經把全場都打過了遍，而君陌宸才堪堪把酒爵裡的酒飲畢。

由此可見，楚蝶衣的出手有多麼快。

第九章　驚鴻

婦人見所有人都被迅速地打趴下，一張強擠的燦笑表情變得十分僵硬，眸光掃到君陌宸處，想是想起惟有此人還未上場，立時滿面堆歡，笑道：「王爺，你要否上去比比？」

君陌宸瞟了眼婦人，眼神不置可否。他優雅起身，舉手投足皆是嚴整的王家風儀，甚是悅目，輕笑道：「如此速度，本王倒想領教領教。」

語落轉瞬，我才一眨眼，也不知他怎麼動作，已人在台上。

我還沒反應過來，台上砰然連響，兩人已動上了手，身影因快速移動而飄忽模糊。

我睜大眼，拚命想看清，卻只隱約看見楚蝶衣手中一點寒光，疾然刺向他雙眼、咽喉、胸腹等要害，無一不被君陌宸輕描淡寫撥開，我看了半天才意識到，他竟然手無寸鐵，對付楚蝶衣陰詭的招還能如此氣定神閒，我佩服他。

楚蝶衣固然快，卻一直在君陌宸的掌控之中。很難想像如果君陌宸如果全力出手，會是如何局面。

我想，楚蝶衣應該是這樣愛上他的。根據各種小說的定律，許多漂亮的姑娘都會毫無邏輯地愛上打敗她的男子，不管對方性格如何，只要在打敗時看到那一眼，便一眼萬年，此生不渝。

這種公式真心令我驚恐。如果打敗她的不是俊公子哥，而是相貌醜陋的糙漢之類，姑娘還愛上他的話，我不知道我會不會直接把書給撕了……

倒不能這樣說，如此說，顯得我太外貌主義。我的意思是，一個姑娘不應該隨便以一個輕率的理由付出真心。雖說愛情都是毫無預期，但我覺得單以比武這件事就傾心，這愛太不靠譜，所以比武招親結緣的姑娘通常結局不好……

正當我目光移回台上時，兩人的速度終於慢了些許。我看見君陌宸一把扣住楚蝶衣的手腕，斜身避過少女淩厲的一腿，使力一踐，楚蝶衣身形略微踉蹌，險些往他懷裡栽去，好不容易拿住椅子，手中匕首已被他奪走。她美眸微瞠，正想後退，君陌宸的速度卻比她快上一線，寒光驟閃，已經抵住她頸下。

勝負立判。

婦人眉開眼笑，總算楚蝶衣沒有打退所有的客人，留下的這只正好是最大的肥羊，抵得過其他羊了。她笑吟吟地上台，站到君陌宸的身旁，哈腰道：「王爺，你打敗了蝶衣，這事兒……」

「我沒打算要她的初夜。」隨手丟開了匕首，忽略婦人瞬間變綠的臉色，他的笑容依然清淺，「我比較有興趣替她贖身。」

我看婦人的臉一連三變如京劇裡的戲旦，不禁暗暗好笑，她的臉被君陌宸這樣一折騰，估計要抽筋了。她臉色扭曲了一會，再度換上虛假笑容，道：「我們家蝶衣貴得很，王爺何必……」

「怕我付不起嗎？」君陌宸睨了她一眼，轉目向場旁使了使眼色。片刻時分，一陣腳步伴隨著重物移動聲漸近，最後砰的一聲砸在婦人的面前。

是無數個箱子。

婦人被突來聲響駭了一跳，好不容易回神過來，扛箱而來的僕從已經打開箱子。一時之間金光閃閃，燦亮了所有人的眸。

我瞇起眼睛。一個人不會隨便帶鉅款上青樓，除非他早想到了要買一個姑娘。原來他，早有所謀了？

「三萬兩黃金，夠了嗎。」看著婦人呆滯的神色，君陌宸似笑非笑地問她。

「夠了、夠了！」如此大的數目砸得婦人有些頭昏，她沒心思再索要更多，連忙喚人將金銀抬進房裡，從懷中掏出楚蝶衣的賣身契，笑道：「從今天起，蝶衣就是王爺的人，還請王爺以後多善待蝶衣啊。」

三萬金贖名妓，短時間內傳遍了越秦朝。

青樓贖身一事落幕，我和阿胤所處的地方立即崩解，我們跌進了另一個場景中。

風雪輕起，霧色如簾帳般透著飄渺，枯葉飛霜狂舞，環繞中心一座亭台樓榭。楚蝶衣依然是一身紅裳，坐於石桌之前，低眉信手，一雙如蔥段般的玉指在七弦琴上連連撥弄，弦聲泠泠，如雨珠落於屋簷，點滴直到天明。

在她身前不遠處，君陌宸手持長劍，隨意一挽，如同千里飛霜皆要在他一個輕輕地迤邐中凝聚，盪起了厚重的風嘯，卻意外切合琴聲節奏。

她奏的調子我聽過，是雨霖鈴。

寒蟬淒切，對長亭晚，驟雨初歇。都門帳飲無緒，方留戀處，蘭舟催發。執手相看淚眼，竟無語凝噎。念去去、千里煙波，暮靄沉沉楚天闊。多情自古傷離別，更哪堪、冷落清秋節！今宵酒醒何處？楊柳岸、曉風殘月。此去經年，應是良辰，好景虛設。便縱有、千種風情，更與何人說？

一奏一舞，待一曲奏畢，君陌宸突然轉過身，含笑道：「此曲既然那樣傷心，為何妳如此愛彈？」

楚蝶衣抬起眸，眉眼染上淡淡愁情，「心中寂寞，自然喜彈哀愁曲以慰心思。」

凝視著她，君陌宸笑了幾聲，眼神如靜海一樣溫柔，「妳覺得寂寞，以後我抽空，我都陪著妳。」

我吃驚地和阿胤對望了一眼。原來我先前猜的是錯的，他曾經對她很好很好。

接下來的畫面有些混雜跳躍，不過這些不規則的圖像還是被我勉強拼出了大概。

自君陌宸帶回楚蝶衣後，想迎她為側妃，僅次於正妃。可王族終究不如將軍的禮法自由，他的想法自然招致了反對。然而，蝶衣不似染荷幸運，她沒有顯赫的家世做背景，所以她最終敵不過輿論，只能當楚王府的一個小妾。

我們進來看到的第一幕，便是君陌宸帶回楚蝶衣後，納為妾室之前。顯然君陌宸對她青睞有加，兩人還未有夫妻之實便已蜜裡調油。只是，那種好目前在我看來只是單方面的。楚蝶衣始終冷得像塊冰。我們所見的琴劍合奏，竟是楚蝶衣態度最好的狀態了，君陌宸竟沒有因此而生氣，這樣的好脾氣真是讓我吃驚。

轉眼之間，是君陌宸迎娶楚蝶衣的那一天。

這個時代妻妾之別非常嚴格，連妾室的身分也是有背景要求的。楚蝶衣雖身為名妓，但畢竟仍是藝妓之輩，是上流社會認知的低賤之人。她能為妾，已經是奇蹟。

妾室不能如正妻一般舉行婚儀，沒有大紅喜服，沒有拜天地拜高堂，只一個簡陋的喜轎便將她送進喜房，待隔夜給正室奉茶，她便是楚王第九房妾了。

沒錯，在君陌宸帶回楚蝶衣之前，已經有不少的小妾。這並不代表他好色成性，終究他是個王族，許多交際勢力還是要顧，最快的方法便是聯姻。

說到納妾，美其名是要開枝散葉，但我覺得這種陋習實在要不得。不管有意還是無意，原則上把一群本來毫無關係的女人放進一個宅院，基本都要出事。她們只有一個丈夫，情愛不是唯一，甚至連情愛都沒有，只是個被利用的工具，天下有幾個女人心裡能不扭曲。她們為了能減少情敵，表面上姐姐還妹妹叫得親熱，但一轉身冷不防刺出一刀，令人措手不及。自古宮鬥宅鬥都是那麼來的，只可惜天下男人從不意識這點。

我想起了我大學二年級時，被小芸強力推薦了一部古裝劇，當時我一心只為了成績，好一番拉拉扯扯才被推坑成功，沒想到一入古裝深似海，我變成了一個典型的古裝控，看的小說影劇甚至是聽歌非古風不能盡興。而古裝最經典的就是鬥爭，男人之間的鬥爭是權力物質和女人，女人之間的鬥爭則是權力物質跟男人，尤其是男人為最。會爭奪男人爭奪到頭破血流的原因，就是因為男人娶了太多老婆，物以稀為貴，沒有得到就好像顯得低人一等，為了讓自己變得高人一等，這些女人無所不用其極，結果兩敗俱傷，機關算盡，最後還是害了自己。有時我跟小芸談到這類議題，對這種莫名其妙的輪迴鬥爭皆表示不能苟同。

小芸說：「物質生產跟需求必須平衡，一旦沒有平衡，就不會停止鬥爭。尤其是廣納妃子的皇帝，如果那群被男人娶回家又被閒置的女人能有除了男人以外的追求，比如事業，與其讓老婆因為等不到而找了綠帽給老公戴，不如找個事情給她們做，如果可以，我真想給那些皇帝建議一下，開間青樓給老婆們去經營，錢算老婆的，抽取一點微薄的房租，讓老婆們憑藉自己的能力去賺，又可以充實國庫，這樣男人有了，錢財也有了，兩相平衡還鬥個什麼，這樣的世界不是很美好嗎？」

那時的我抽抽嘴角，對小芸這種公然叫皇帝讓妃子給他戴綠帽的行為更是不能苟同。

話題轉回來。君陌宸的後宮雖然時不時會有夾棍帶棒的激烈對話，但比起我看過的宮鬥宅鬥劇，已經算是風平浪靜了，這還要歸功於正妃阮氏的慈和，不跟小妾們一般見識，否則連正室也參與鬥爭豈不是得亂成一鍋粥。至於阮氏是不是真的慈和，還有待我們了解楚蝶衣之死的來龍去脈再論定。

喜房有些簡陋寒酸，但粗粗有洞房的模樣。一身喜服的君陌宸，唇邊含著淡淡的笑意，大步踏入房內。房內的女人頭披桃紅蓋頭，一身桃紅嫁衣，端凝坐在床邊，燭光搖曳，光影明滅，女子半邊身子沒在黑暗，覆在面上的半張蓋頭沒有半點起伏，靜得像是一個死人。

楚蝶衣聽著男人平穩的腳步踏著沉重的回音一步一步走來，低下了頭。想起她所處的青樓，賣身的姐妹也是屏著呼吸等待嫖客，等著他們猥瑣的手觸上她們的身體，揭開本來就不厚的紗衣，一夜雲雨，任意受人欺凌。

彼時她的房間距離姐妹的房不遠，姐妹們此起彼落的哭喊聲她都聽得一清二楚。而如今，她的名分雖比妓女好聽一些，但仍舊是為奴為僕。她，也即將和姐妹們面臨同樣的命運。

男人的腳步很快近在咫尺。床旁立著一個桌案，案上擺好了喜秤，男子輕輕取起，輕緩勾住蓋頭的一端，俐落掀了起來，露出一張微怯的嬌顏，雙目緊閉。

「蝶衣。」君陌宸眼光一片柔軟，輕輕喚她。

楚蝶衣睜開眼睛，抬頭與君陌宸對視一瞬。驀然間，她耳邊像是又響起了每日每夜響徹在自己隔壁房間的痛楚呼號，那種淪落卑賤的不甘與辛酸，一寸一寸凌遲著她好不容易建好的，那名為勇氣的牆。巨大抗拒鋪天蓋地席捲而來，另外一個念頭猛然蓋過最初的認命，她眸色一冷，捉緊自己衣襟警戒縮到牆角，聲音有些顫，「不要過來。」

君陌宸看她防淫賊般的守在牆角，只怕自己再上前一步就要在房裡上演全武行，啞然失笑，說道：「在妳眼裡，男人在夜裡碰到女人只會做一種事嗎？」

楚蝶衣一時沒搞清楚君陌宸話裡的意思，緊緊盯著君陌宸不說話。

君陌宸的實力在那天比武之時便很清楚，她引以為傲的速度，在君陌宸眼裡不值一提。如果他想強迫她做什麼，不是說她想推拒就能推拒的。而自己身為一個妾室，拒絕自己的主人下場會是什麼，她該清楚。

有鑒於染荷的故事在前，我憑著敏銳的直覺就猜得到，八九不離十，楚蝶衣接近君陌宸，本就是一場預謀。不同於染荷的是，染荷不知自己身在局中，楚蝶衣卻知道。在青樓中茫茫人海中，只鎖定一個相貌清淡，或許轉目即忘的男人，不能用區區一見鍾情便解釋。

當時我以被打敗就愛上打敗她的人來解釋楚蝶衣對君陌宸的感情，後來想，我的推測太表面太天真。楚蝶衣那樣冷淡的個性，若如此便愛上對方愛到搭上自己性命，不是她的風格。

「妳打算這麼裹著過夜嗎？」君陌宸的笑容玩味，無奈轉身本待出房，卻被門外一陣寒風吹得一哆嗦，他無言瞪了會外頭，一番思量，搖搖頭，還是轉回房內，看著保持同一姿勢的楚蝶衣，可憐兮兮使出了哀兵之策，「打個商量唄。今兒是本王執意納妳為妾，如果這樣被趕出房沒地方睡，本王真沒臉了。要不，挪個地方，這樣？」說著往床角比劃出小小一個圓。

楚蝶衣的表情從戒慎轉成不知所措，又從不知所措到一種自暴自棄式的決然，終於往裡移了一移，還真的給挪出了供他躺下的空位。

君陌宸賠著笑臉，貼著床沿緩緩躺下，側目覷了眼旁邊的少女。許是他的動作還是太大，仍觸到了楚蝶衣，少女又一個驚跳，聲音抖得不成樣子，「且住。不准動！」

「睡。」君陌宸一手探出，一路閃避了少女為反抗的攻擊，最終精準捉住少女的手腕，拉著她在他身旁躺下，「本王累得狠，沒功夫陪你練招，別搞得像刺客來襲啊。」

一聽到刺客兩字，楚蝶衣臉色白了一白，又看君陌宸的確沒什麼異動，這才乖乖躺了下來。君陌宸倒是沒心沒肺，一覺就真的睡到了天亮。楚蝶衣一夜淺眠，一張牡丹般富麗的容貌在隔早起來蒼白了幾分。

卯時一刻，楚蝶衣敬茶。

我仔細端詳正妃阮氏的容貌。阮氏的樣貌不特別驚艷，梳著雲頂髻，神色溫潤靜雅，像一朵芝蘭靜靜坐在那處。她在已稍稍回暖的春裡卻依然裹著厚厚的狐裘，我想，阮氏不是怕冷，便是身體不好。只見她低眉斂目，毫無威勢，平和膽怯得讓人覺得，地下跪著奉茶的不是妾，她才是妾一樣。

曦光還沒有完全透進廳內，有些昏暗。跪著敬茶的楚蝶衣薄施脂粉，掩蓋了一夜沒睡的蒼白，濃墨重彩的美貌張揚銳利，連昏暗的光線亦掩蓋不住。她的手柔細纖白，如玉一般與瓷杯融在一起，平平遞出，唇角噙著拘謹的微笑，「王妃，請用茶。」

阮氏與楚蝶衣正眼對視，接過茶盞的手雖然也十分細嫩，青筋卻紋理清晰，襯得手背表皮蒼白且無血色。當她將茶盞接過，似是被杯身的冰冷刺激，她的手顫了一顫，杯蓋與杯緣相撞，產生清脆好聽的聲音。她在害怕。

我覺得，接下來楚蝶衣面對的日子，絕不會像之前那樣太平。

楚蝶衣入住碎玉軒，甚是偏僻的一個角落，只有一個婢女服侍她的生活起居。這樣的待遇可以說好也可以說不好。好的是楚蝶衣遠離王府核心，禮教不會受太大的束縛；壞的是人人都認為楚蝶衣觸怒了王爺失寵。社會不管擺到哪裡都一樣，人們為了生存，看著風向做事情。所以，楚蝶衣雖在王府為妾，吃穿用度卻不及出嫁之前。君陌宸忙於貴族交際，也無暇顧及她。

我看著楚蝶衣任勞任怨，在碎玉軒中足不出戶，安分守己過著自己的生活，持續這種狀態好幾天。她安分到讓我有一種錯覺，她來王府，無關什麼陰謀，就只是來安身立命的。而打破我才剛剛萌生的錯覺的，是個不速之客。

夜黑風高，楚蝶衣支開婢女，一陣衣襬拂風的微響，一個魁梧身影從窗外徑直闖進屋內。

楚蝶衣絲毫不為來者張狂的行徑所驚，顯然他們熟識。她好整以暇地舒袖伸手，繡了雲紋的袖口裡，一只素手五指纖纖，緩緩探出，如此流暢令人舒心的動作，還以為她下一刻會捧起案上的茶細品，沒想到少女皓腕一轉，卻是扣住了角落長劍的劍柄。

「怎麼，師兄來看妳，非但不感激，還想殺了我嗎？」黑衣人的嗓門像是被烈火蹂躪般扭曲嘶啞，一語之後便是兩人長長的對視。

少女的劍始終沒有拔出來。她眉眼一彎，扯起一個虛假的笑意，「怎麼可能呢，你可是對我最好的師兄啊。」

「妳敢說，我還不敢信。咱們門中師兄弟姐妹為了一些虛名互相殘殺又不是一天兩天。」黑衣人嘲諷一笑，將一個瓷瓶扔給她，說：「接好。這個月的解藥。」

彷彿彼此這般互動了無數次，楚蝶衣熟練地接過。黑衣人仔細端詳這個嫁了人卻依然冷若冰霜的師妹，怪笑一聲，道：「妳的進度還真是令人失望。小心別讓京城那位不耐煩，莫忘了，妳還有一個弟弟。」

看到這裡，我突覺掌間一緊，瞥眼看去，卻是阿胤捉住了我的手，掌心透出驚人的涼。我奇怪地轉回頭，暗暗思量——阿胤又給刺激了？

楚蝶衣剛把瓷瓶中的藥物飲下，閉目調整呼吸，聞言臉色一變，含著薄薄的怒，「師兄是在威脅我？」

「不敢。」黑衣人嗓聲如利刃字字誅心，「只是順便提個醒，微兒是乖巧的孩子，但如果師父不高興了，師兄亦沒有辦法。」

一陣疲倦潮水似地撲上來，少女揉了揉眼，長睫斂起，星眸黯淡，「你走吧。雖是子時，但你這樣子，給閒人瞧見了不好。」

黑衣人冷笑一聲，似是嘲諷少女用意明確的逐客令，微聲風動，一轉身從窗口飛了出去，很快跟夜色融為一體。

第十章　落水

明日春光正好，楚蝶衣同婢女紅兒到後院小池旁的亭子裡撫琴餵魚。

自古以來，後院小池花園都是紛爭之地，楚蝶衣在她師兄來過後，一改過去低調風格跑來這裡，若不是她想搞事情，便是想等著有人搞她事情。

我與阿胤靜靜在角落觀望，半個時辰後天色暗沉，細細的雨絲浸潤亭前的碧草，風一吹，一串串透明的細針或斜斜竄進草葉滲進泥土，或在池面上打出錯落圓紋，彼此干擾消亡，最後有更多的漣漪持續新生，周而復始。不知道池裡有多深，埋藏了多少含冤的屍骨。

楚蝶衣抱著琴，而紅兒為她撐傘，緩步走進亭內。少女將琴輕放在案上，幾下試音，待一切完備，清冷的音符如亭外的雨滴連成線，成為一片連綿而跌宕起伏的波浪。

萬物在雨中琴聲裡被驚醒，死氣沉沉的一個王府角落在音符的引領下瞬間變得生動活躍。一瞬間，楚蝶衣彷如世界的主宰，一指便決定人間的生滅，一指便決定命運的脈絡。

一曲稍歇，路盡隱香處，走出一個人影。

是個女子，面如桃花，鬆鬆綰個半髻，一襲春蔥般的襦裙，以淺綠色絹為面，袖端接一段白色絲絹。領口拉得甚低，隱隱可以看見領下細膩的嫩白，外頭裹著一片青翠的抹胸。腰間是一條

墨綠的腰帶，居中打結，一手執傘，長長的裙襬差一點便要及地，被另一手矜持地拉起，緩緩行來，裙角所繡的青花在舉步中開滅，柔光浮動。

當那女子走到亭前，只聽琴曲轉成一段激昂起伏的高音，最後緩緩低了下去，枯葉般盤旋而落，終於沒入漸大的雨聲。楚蝶衣收曲止音，望著亭下的女子不發一語。

那女子笑了一聲，當先發話，「妳就是楚蝶衣？」

楚蝶衣移開目光，取出手帕擦了擦被雨濺濕的琴身，不答卻問，「妳就是顧酒儀？」

女子面上的笑容凝了一凝，語聲矜持，「沒想到妳深居院中，竟還知道我的名字。」

楚蝶衣仍是沒正面接她的話，垂眸自顧自將琴收入琴袋，「找我何事。」

顧酒儀道：「琴聲高雅，我居處繚繞著妳的琴音，趁雨興正好，便來瞧瞧是何方妙人。」說著展顏一笑，露出一口細細的白牙，「我便住在假山後的聽雨軒，若是妹妹嫌著無聊，來品茗，聊些女紅，也是好的。」

楚蝶衣終於將目光轉回她的身上，拘謹一個笑，「盛情心領，可惜我平日舞刀弄槍慣了，倒不會什麼女紅。」

顧酒儀失笑，「原來妹妹醉仙樓以武擇郎的傳言是真的。」語中狡黠一眨雙眸，「妹妹這樣不行，當一個女子整天舞槍弄棒，是很難捉住夫君的心的。我瞧妹妹如此神仙品貌，進府該極盡榮寵才是。若是妹妹發達了，姐姐沾一點光亦是福氣。」

「神仙品貌？」顧酒儀在那頭說得興高采烈，不料又竄出一道尖銳的聲嗓，「如何神仙品貌，也是一夜失寵的深閨棄婦罷了。儀姐姐做什麼同她廢話。」

只一句話便掩不住酸氣沖天，一個紅衣女子持傘從假山流水後走出，瞪著亭中的少女，尖聲道：「不過是青樓女子，穿上王府的錦衣便以為自己是正經的王妾了？」

看到這裡我頭疼地揉揉額心，又一個來作死的。

顧酒儀柔柔的聲嗓響起，勸道：「錦央，莫要無禮。給王爺看到了不好。」語調軟得連責備之聲都毫無殺傷力。

楚蝶衣從錦央的出現便悄然低下了頭，低垂雙睫，一個傷透了心的小模樣。她背了琴快步下亭，逕直衝進雨中，踩著小碎步逃也似地想離開這裡。

看到這裡，我瞇起眼睛。剛剛注意力都在顧酒儀身上，卻沒發現原本為楚蝶衣執傘的婢女紅兒早就失了蹤影。婢女消失得不尋常，連帶讓我感覺到——她剛剛擺出心碎難禁，想要落荒而逃的姿態，是演給錦央看的。

楚蝶衣才奔出沒幾步，錦央又是一聲跋扈嬌喝，「讓妳走了嗎？站住！」

顧酒儀本來還想阻止，可她伸出的手卻被錦央甩開。錦央回頭向自己的婢女使了眼色，婢女會意，拉了顧酒儀便走。

楚蝶衣的身子在池旁定住，緊抿著嘴唇，隱忍道：「姐姐有什麼吩咐？」

錦央逼近一步，破口大罵，「憑妳！娼妓之人，還不好好在角落裡安生，敢在此拋頭露面，妄想得到王爺寵愛嗎！我告訴妳，王爺對妳只是玩玩罷了，給妳名分給妳居處還被不滿足，在此攪風弄雨，可憐臉演給誰看！」

這幾句罵得又狠又準，口無遮攔，楚蝶衣垂頭不去直視錦央的眼睛，倒退一步，聲音細如蚊蚋，「我聽不懂姐姐在說什麼……」

「還裝！」錦央不知從哪裡攢來的火氣，一發便不可收拾，眼見對方退後，上前一步，一記用力的推搡，「我最討厭……」

婢女送走顧酒儀回來便撞到這一幕，她發現楚蝶衣距離池子極近，覺得不妥，正想阻止錦央，沒想到那傳說中舞刀弄槍的剽悍女子被這一推，竟立足不穩，驚呼一聲，向後倒入了池中。

錦央做事瞻前不顧後，吼一嗓子吼得起勁，沒想到如此竟闖了禍。岸上兩個女子呆滯地望著池心，只見其中沒有半點撲騰掙扎，桃紅衣襬柔弱起伏，緩緩下沉，一時竟忘了喊人來救。

「蝶衣！」

兩人正沒做理會處，驀然聽到一聲呼喚，君陌宸面容焦急，二話不說就跳了下去。池底動靜極大，掀起波濤，沒多久，君陌宸橫抱著沒有意識的少女利索跳上岸。他橫了眼目瞪口呆的跋扈小妾，目光冰冷至極。錦央狠狠一哆嗦，那個一向笑容溫煦的王爺卻再沒理她，抱著楚蝶衣往碎玉軒疾奔。

我終於明白紅兒突然不見是因為什麼，原來是搬救兵來著。看來，沒什麼心眼的錦央不知不覺給人當了槍使。而誰是那個槍手卻未可知。

遠處的顧酒儀透過窗默默看著君陌宸離開的方向，牙關鬆開，紅唇上一排鮮明的牙印。她斂眸，笑容散去，讓人難以猜出她此刻的想法是什麼。她看著婢女拉了失魂落魄的錦央離去，拉起窗簾。這場鬧劇終於散場。

君陌宸抱了楚蝶衣回她居處的時候，一瞬間亂成一團。紅兒機靈，在換過楚蝶衣濕透的衣裳後，告罪一聲，接過君陌宸遞來的令牌，朝外狂奔，欲請來大夫與其他婢女。

事態緊急，濕衣匆匆折疊便放到一旁案上，君陌宸等待的同時，看到案上的衣在浸染下色彩變得斑駁，不禁蹙起眉頭。他走到床旁，一手拈起濕衣觀看，才觸及邊緣，鮮豔的染料便附上指尖，他臉上浮現驚訝的表情，隨即微微一沉，最後轉為深深的憐惜，看向床上一直人事不知的楚蝶衣。

沉睡中的少女彷彿陷入夢魘，墨一樣鮮明的眉緊緊蹙著，雪白的額有虛汗流下，君陌宸一手覆上，只覺得觸處滾燙。她掙扎似的微微搖晃，淚珠滑下，嗓音喑啞，「不要，不要……放過微兒……不是說，我聽話就不會傷他嗎？微兒……微兒……」

她淚流得越來越兇，君陌宸無奈搖頭，取出手絹，擦去她額間的虛汗，也擦去她洶湧不止的眼淚。從他帶回她至今，她始終冰冷如霜難以靠近，第一次看她表露出脆弱的一面。汗與淚擦盡後拿開手絹，正欲離床，不料卻被一只素手用力抓住攥緊，「你怎麼都不來看我了？你不是說……有空都陪著我嗎？你說話怎麼可以不算數……你們……說話都不算數……」

君陌宸被抓得太緊，只好將手絹放到案上，面上帶著深深的愧疚，執起她的手，用兩掌輕輕攏住。這些日子，是他冷落她了。沒想到，他一轉身投於官場縱橫與貴族交際，一回神，他喜歡的女孩子已經被欺負成這樣。若不是紅兒在他與人議事時哭著求他去後園看一看，他的蝶衣怕是也要變成池中的冤魂之一。

他怎麼忍心。她所住的，所穿的，那樣不好。看來她在他府中一直都被欺負著，卻從不在他跟前吭一聲。

大夫很快便被請來，君陌宸輕手掙開楚蝶衣的手，交給大夫把脈。婢女正準備將診斷的細繩繫到楚蝶衣的手腕，被君陌宸揮手止住，「不必拘這個禮，林大夫，你就近把脈吧。」

林大夫告罪一聲，取了薄絹上前，將楚蝶衣的手腕覆住，閉目診斷。不一會兒，他臉色凝重，說道：「王爺，夫人的情況有些複雜，請隨卑職出去說。」

君陌宸隨著他走出碎玉軒，林大夫告罪一聲，緩聲道：「夫人落水受寒，但因習武，體格強健，這風寒應無甚大礙，將養幾日便能好。較可怕的是，她體內種的蠱術。」

君陌宸眉心攢起，「蠱術？」

林大夫又行了一禮，說道：「卑職不才，曾在南疆研究蠱術，對此道略知一二。」他緊張地揉了揉指節，續道：「夫人體內的蠱潛藏甚久，每月許是有相應藥物壓制，所以才沒有發作。只是這蠱霸道至極，夫人不得有大喜大悲，受寒更是大忌。此番落水，雖不致於要了命，但總要落下病根。卑職學藝不精，只能將病情緩和一些，還請王爺恕罪。」

原來，在他沒看見的某個角落，蝶衣默默忍著這些苦楚。君陌宸的表情心痛難忍，沉默半晌，輕聲道：「哪裡。你是我的親信，醫道如神一直是全城皆知的。你束手無策的事，本王也不知誰能解決。」

楚蝶衣再醒來時，已是黃昏。

待楚蝶衣的事處理的差不多後，婢女們便一個個散去，林大夫替楚蝶衣扎了幾針後，亦提著藥箱匆匆離開，只剩下紅兒猶在忙進忙出。

楚蝶衣掀被起身，正逢紅兒入房。紅兒看到主子醒來，正想扶她，被她拒絕，「妳去忙吧，我想一個人走走。」

紅兒擔憂道：「夫人沒事吧？」

楚蝶衣沒什麼說話的力氣，白著臉搖搖頭，抓了君陌宸當時留下的手絹，掙扎起身，逕自朝門口走去。紅兒無法，只能說道：「夫人小心些，有需要便喊奴婢一聲。」

楚蝶衣身體有些虛弱，扶著門與沿路的欄杆，方勉強走到後院。

碎玉軒後有個小院，用籬笆圈住，籬笆外一小片芒草，隨風搖曳。院中種了幾株銀杏，因才種下不久，所以還未開花，斜陽照耀之下，樹葉交織出淒豔的顏色。樹下擺了兩張竹椅，君陌宸躺在其中一張竹椅中，一見她來，頰上漾著淡淡的笑，「妳來了？坐吧。」

楚蝶衣步履略微不穩，後院中沒有扶手，只有能依著籬笆緩緩行來，好一番掙扎才到君陌宸身旁的竹椅坐定，衣裳已微微被勾破幾處。君陌宸笑容稍斂，他本想扶她，但她冷淡拒人千里之外的表情，讓他原本想遞出的手又沒有志氣地收回。昏迷中脆弱的她像一場夢，隔了一夜便好像沒發生過。

楚蝶衣取出手絹，緊抿著唇，「還你。」

君陌宸愕然看著她，看著她沒有血色的唇與蒼白的容顏，和她遞過來的那條手絹，隨即莞爾一笑，「蝶衣，妳是在氣本王？」

楚蝶衣沒有說話。

君陌宸輕嘆一聲，道：「收著吧。本王不至於小氣成這樣，連個手絹都要計較。那時妳哭得滿臉是淚，若這手絹我又拿去，該被妳想成偷香竊玉的登徒子了。」

楚蝶衣沒想到會得到這樣回答，愣愣把手絹收回去，側過頭，想像自己昏迷失態的樣子，蒼白的臉驀然浮起一點紅霞，冷漠的面龐平添一絲姣色，「我那時，有說什麼胡話？」

君陌宸不正面回答，反問道：「微兒是誰？」

楚蝶衣身體明顯一震，對上他的眼。少年王爺的眼睛熾烈灼熱，洞悉一切，若是她撒下任何謊話，恐怕立刻就要被拆穿。楚蝶衣避開他的目光，良久才低聲道：「是我弟弟。」

「可以見他嗎？」

「不能。」

「為什麼？」

楚蝶衣閉上眼睛，「不是不想，而是不能。」

君陌宸似乎理解她的難處，不繼續為難她，點點頭，突然道：「待妳傷好，本王帶妳出去看看。好好陪著妳，不理王府事。」

楚蝶衣面無表情地看著他，但一旁的我看見她眸中的輝光，閃爍著複雜的神采。

君陌宸倒是守信，安頓好了王府中事，便來接她。只是他帶楚蝶衣離開的方式甚是奇特，從窗口飛進來，帶著她又從窗外飛出去，像極了偷香竊玉的飛賊。楚蝶衣雙眸輕嗔，這是我觀看她記憶至今，看到她第一次露出的少女的模樣。君陌宸將少女眸子裡的責難盡收眼底，輕笑道：「本王可受不得被冤枉。妳既認為本王是偷香竊玉的登徒子，那便屈尊當一回。」

楚蝶衣莫名其妙，「我哪有……」轉首目光撞進帶笑的眼睛，「還說沒有？成親當日妳為了防賊，本王差點要露宿街頭。」

楚蝶衣低了頭，抿著唇又止了聲。

君陌宸沒有準備半個交通工具，牽著楚蝶衣迅速飛掠，大有把自己當車馬用的意思。夜黑風高之中，兩道身影在街上迤邐出一串淡淡的煙跡，不知道的人，還道是逍遙天涯的江湖俠侶路經此處，誰會知道是楚王和他的妾室。

轉眼已是上元。

君陌宸帶著楚蝶衣到了淺雩城。此城雖不名列五大名城，但因盛產蘭花，以蘭酒著名，皇家盛行飲用此酒，所以名氣還是不低。上元佳節自是全城同慶，大街上人來人往的極是熱鬧。

楚蝶衣心不在焉地隨君陌宸遊街賞燈，四周人影幢幢，聲色嘈雜，身旁人說的話半句也沒有聽清，只有敷衍似的幾聲虛應。君陌宸心思細膩，如何看不出身旁少女正神遊天外，輕撫下巴，那表情柔軟溫煦，含著淡淡的狡黠，看來正在尋思要怎麼抓回少女的神思。

「蝶衣？」

入目之處火樹銀花，晃得人有些眩暈，楚蝶衣突然像是沉浸在什麼回憶裡無法自拔，聽他在喊她，失神朝他望去。只見少年王爺不知何時弄來了個波浪鼓，大力搖晃，小穗上的珠子一下兩下密如連珠擊上皮製的鼓面。他擺出童稚頑皮的神色，昔日王者風儀一掃而空，配上一身尋常的百姓衣服，乍看之下，還道是市井活潑好玩，不思進取的少年郎。

楚蝶衣愣住，目光終於聚焦在君陌宸身上，眼睛在燈火掩映下出奇的亮，有什麼波光在裡面匯聚凝流，面色依舊漠然，唯一能表達心中真正情緒的，似乎只剩下眉眼。

而默默頂著隱身術，站在他們身旁許久的我一看到這裡，偷瞥了眼阿胤，忍不住發出一聲喟嘆，「若不是我見你當時擒拿女鬼時那般不遺餘力，就憑著你們倆相似至極的面癱臉，我便要以為你是楚蝶衣口中的微兒了。」

阿胤在聽見面癱二字時，皺了皺眉，而後沉沉否認道：「我不是微兒。而且，若楚蝶衣是我姐姐，我捉她一樣不遺餘力。」

我理解地點點頭，他知道當一個死魂滯留天地間太久會有什麼結局，若楚蝶衣是他姐姐，他亦不可能放她就此灰飛煙滅。想到這裡，我突然想到一事，湊近他問道：「你剛剛的反應很反常，難道你知道微兒是誰？」

阿胤突然像被電到似的跳開一步，我驚訝地看著他，他別過頭去，「我認識他。」

「哦。」我和阿胤相處有一段時間，雖然他某些行動讓人難以琢磨，但至少有個特性我可以摸透。他從不說謊話。他想說的有問必答，不想說的直接沉默給我看，標準一悶葫蘆。我看了看眼眶泛淚的楚蝶衣，一個問題在我胸中正悄悄成型，阿胤的聲音平平地飄過來，「沒看出來嗎？她是個刺客。」

「刺客？」我被這兩個字炸得要跳起來，失聲道：「哪個刺客會把自己會武功的事那般高調地傳出來，這樣底細被掀，還怎麼成事？」

阿胤很耐心地回答我，道：「便是如此，君陌宸才敢讓她留在他身邊。有時候反其道宣揚意圖，不會被提防。」

我毛塞頓開，舉一反三道：「我知道了，就像想搶銀行的衝著街上大喊幾聲，我要搶銀行啦，只會被路人當成神經病，不會因此警戒他會不會真的搶銀行。只是這招實在凶險，楚蝶衣好智謀好膽識。」熟悉的疑問眼神又飄到我身上，我趕忙補充，「銀行是我的說法，相當於你們這裡說的錢莊。」

阿胤竟沒有多問，瞟了眼夢雨城的方向，眼神不置可否，「那倒不一定。」

我終於把剛剛差點忘記的問題問出口，「突然間楚蝶衣在哭什麼啊？」

那一瞬將盈未落的淚滴，是要哭的形容。若她是演戲，多半會垂下眸子，不讓人讀到她的真正思緒。阿胤的聲音如浮萍輕飄飄的，「現在能牽動她心緒的，是微兒。」

我恍然，她這是將君陌宸看成了他弟弟啊。可笑我身為畫魂師，憶境中的人物情感我該多少能解讀的，竟還要他人提點才能想透，我這畫魂師實在當得太不稱職。

君陌宸的心思比我通透很多，他伸手去握住她顫抖不止的手，溫聲問道：「微兒多大了？」

楚蝶衣凝了凝神，「十歲。」

「正是愛玩的年紀啊。」君陌宸一搖手中的波浪鼓，叮咚作響，輕嘆道：「如果可以，真想送個給微兒。」

楚蝶衣閉上眼睛。

君陌宸握緊她的手，溫柔道：「蝶衣，妳很多事情不想說，我也不勉強妳。但總有一天，我會擺平妳所思所慮，妳願不願意相信我？」

楚蝶衣震了一震，「你都知道？」

君陌宸目光狡黠，「妳在那晚一提到微兒就哭成那樣，我估摸能猜到一些。」兩人不知不覺走到河邊，君陌宸突然拉著她面向他，楚蝶衣想躲，卻被緊緊箍住。他直直凝視楚蝶衣的眼眸，說：「終有一日，我不做楚王，與妳一起逍遙江湖，做一對來去如風的俠侶，如何？」

俠侶啊……何嘗不是她的心願。可命運就像縱橫來去看不見的線，她只能做台上飛舞不止的偶人，演出一齣又一齣的牽絲戲，稍有反抗，迎來的只有毀滅的結局。目光轉開到河上，無數紙紮的蓮承載了人世的思念與願望，隨水漂流到對岸。君陌宸見此，輕笑道：「倒好，竟走到這裡，蝶衣，許個願吧。」

君陌宸興致正好，也不待楚蝶衣答應，牽著她逕自到河旁的攤位買燈與紙，一個給自己，一個遞給了她。

楚蝶衣靜靜接過，君陌宸沒什麼思量，提了筆很快便將願望寫下，目光轉到楚蝶衣身上，見她還是沒有動作，疑惑喚她，「蝶衣？」

「我沒有信仰。」楚蝶衣將紙蓮遞回去，「所以，我不知道能許什麼願，又該傳給誰。」

「這樣啊。」君陌宸彎眸，「沒有信仰，有什麼關係，留個念想也是好的。」

楚蝶衣接回紙蓮，躊躇了會，終於提筆在紙上寫了幾句。兩人蹲在案旁，小心翼翼將紙燈放入河流。蓮心燈影明滅，緩緩飄流，似是在指引，也似在傳遞什麼。

兩人的獨處時光像是一道流光彈指即逝，很快他們便回了王府。

只是過去一向低調的楚蝶衣一落水便在府中掀起了不小的動靜，引起了其他人的注意。有注意便要妒嫉，有妒嫉便有陷害欺負。君陌宸在的時候還沒什麼，一旦幾日忙碌，後院裡常用陰毒招數就如潑墨朝她席捲而來。

今日是陳氏的御賜金簪遺落，整個碎玉軒被翻箱倒櫃；明日是薛氏突然一日長病不起，稍稍有點被詛咒的痕跡，碎玉軒前庭後園只要能挖的，一律被挖得不成樣子……而做下這連環陷害的不是別人，正是錦央。然而，在眾多女人的敵意中，顧酒儀的行動就顯得那樣與眾不同。她非但沒有和眾女一道陷害楚蝶衣，反而處處維護。這樣的行動引起了君陌宸的注意，多多少少抬舉了她，某些程度，她變成了楚蝶衣的保護傘。楚蝶衣本來對她還有防備，不過在顧酒儀一次傷害了自己的身體來保護楚蝶衣，她徹底動容。在君陌宸不在的時間裡，她與顧酒儀越走越近，最後儼然成了一對姐妹，焦不離孟，成雙不離。

第十一章　刺殺

一路分花拂柳，我們找到阮氏所住的清荷院。

阮氏一如我剛開始看到的畏縮病弱，看來後院裡的妾室們身分來頭都不低，只是輸了個先後才屈居人妾，所以她們究竟在後頭怎麼鬧，她亦是萬萬沒辦法有什麼想法的。

檀香裊裊燃放，婢女準備暖爐給阮氏暖手。阮氏歪躺在榻上，一手支頤，衣裳鮮麗，卻掩蓋不住臉容的頹敗。她容顏的頹敗倒不是因為年齡本身的蒼老，而是一種萬念俱灰，圈在原地不願去爭、去搶，不敢順心而行。她出身並不高，所以言行太多需要精打細算，稍稍鬆懈便是萬丈深淵，到最後，畏縮在原地變成她最好的保護方式，她也有她的難。

「月奴，妳說。」阮氏將眠未眠，閉著眼輕輕喚她身旁的婢女，婢女壓身執禮，只聽她緩緩道：「在妳眼裡，本妃是不是很懦弱？」

婢女月奴面色不忍，嗓聲沙啞，「奴知道。那些人，娘娘惹不得，只能忍著。若王妃娘娘出身夠高，何須怕她們。王妃娘娘處處為王爺著想，又有誰能看得見吶。」

「……本妃有那麼好嗎？」阮氏喃喃道：「本妃是人，有情，也會妒啊。可惜本妃似乎沒有這個資格。小心翼翼堅持那麼多年，不是要讓王爺不受京城那個人威脅嗎？可他，從沒有留半分

位置給我……」

月奴泣不成聲，「娘娘，別在說了。」

阮氏的目光零散找不到凝聚點，道：「本妃想著，很快正妃位置便會被取代吧。無論是楚蝶衣，顧酒儀，錦央，都一樣……」

聽到呼吸微動，我震驚看著不知何時出現在房外的紅衣少女。楚蝶衣面色一貫冷漠淡然，好在我身上頂著的隱身術還沒有失效，她看不見我。我看著她神色如常轉身離開，腳下卻被碎石頭一絆。因為距離極近，我差點就想伸手扶她，不過她絆了一下立即回神，很快站穩，閃過婢女，不急不緩步出清荷院。

楚蝶衣對君陌宸的態度好了很多，正是兩人要相愛的苗頭。可是我知道結局，楚蝶衣最後死了，他亦忘了她。所以我一面看著他們平和而纏綿的互動，一面無法抑制心中的擔心。一切的一切就像靜河上的行舟，漫無目的向前划著，但不知道何時會遇到瀑布，迎來翻覆。

楚蝶衣常常寫信，將細小的紙條藏進竹筒，由信鴿為她放飛出去。不知她究竟寫信給誰。只在她放出鴿子後，看見她臉上的淒楚決然。

我還是不明白她心裡想的到底是什麼。

除了這一點異樣，她和君陌宸的相處十分完美，沒有齟語、沒有吵架，幸福得像是真的神仙眷侶。

直到，有一天月黑風高，一場刺殺來得無聲無息，籠罩了整個天空，殘忍地在他們之間劃出一條裂縫。

當刺客來的時候，君陌宸正在房內為楚蝶衣畫眉。那時眉尖才剛剛繪上，一陣清淺而細碎的腳步從門前響起，君陌宸立時醒覺，正要喝問，響亮的裂帛聲起，繡帳轉瞬四分五裂，殘片飛舞，刺客手持長劍，挾帶風雷雪雨之勢，朝君陌宸刺到。

君陌宸早有警覺，隨意踏步讓過一劍，凝聚掌勢還了一掌，將刺客逼退幾步。

刺客蒙著臉，但楚蝶衣一對上他的眼，一張絕色的容顏頓然蒼白，是常常夜訪她的師兄。她的表情讓我知道，她不知道他竟會在這一夜行動。只見她臉色猶豫，最終在對上君陌宸眼眸的剎那轉為決然，顫抖著搶到牆邊，正要拔牆上掛著的匕首。

她封閉的心牆有些鬆動，我隱隱約約感知道，即使經歷掙扎，她還是想殺了那個刺客。只要殺掉他，彌補她過去的錯誤，就算要她死她也願意。

手指還未觸及兵器，風聲嘯起，袍角掠起清涼的微風，君陌宸已先一步將自己的兵器捉在手中，順手將她護在身後，沉沉道：「只管在我這。有我在，我不許妳拔劍。」

匆忙而堅定地丟下這句，從牆上取下的長劍在君陌宸手中化作一線明亮的流光，幾步飛掠出去。楚蝶衣還保持要取牆上兵器的姿勢，眼神空茫愣然。過了良久，她似是想起什麼，霍然轉身，美麗的臉上盡是驚惶。房內兩個男人陷入激鬥，短匕和長劍無數次交擊，迸出明滅火花，在夜色中格外耀目。是這男人不問緣由地保護她。我清晰感受到她心裡的矛盾，她全身都在顫抖，顧不得她過去的清冷儀態，叫道：「不要打了！」

君陌宸以難以測度的快劍把刺客逼到牆角。明明絕妙的劍法讓刺客看起來逃無可逃，卻不知為何還是讓他循隙竄出，竟轉移目標朝楚蝶衣刺來。君陌宸飛身欲救，驚鴻一瞥之間卻見楚蝶衣閉上眼，竟要引頸待戮，心微微一窒。只有瞬間的遲疑，刺客驀然揚起掌，兵器瞬間被拋開，淡青的霧氣從他掌心散出，轉身一掌擊中他的左肩，尋到空隙便逃逸而去。

「王爺！」楚蝶衣張開眼睛一看到此情景，反應極是反常，喚聲已經帶著沙啞的抖，不是出去追擊刺客，而是搶到君陌宸的面前，按住他左肩細細凝視，潸然淚下。

楚蝶衣很少流淚，君陌宸不解她的反應為何如此，溫言問道：「蝶衣，怎麼了？」

她抬眸與他對視，半晌沒有說話。她只是攥緊了他肩上的衣，良久，喉間凝出一道破碎的嗓音，「王爺……」

「叫我子禪。」

君陌宸，字子禪。全府上下，甚至是正妃都不得喚他的字，唯有楚蝶衣例外。

他的用意不必說便可知道，因為她是他認定的妻，儘管他只能給她妾的名份。

楚蝶衣想說出的話還是收了回去。君陌宸含笑睇著她，「妳關心我，我很開心。」

楚蝶衣避開他的灼然視線，閉上眼睛，低聲道：「子禪，為什麼不讓我拔劍？」

只見君陌宸溫顏笑了笑，輕輕將她攬在懷裡，撫著她的髮，說道：「妳是我女人，不是我的護衛。」

他的意思很清楚。這是他對她的憐惜，既然是他所愛，自然不會叫她保護他，只要他在的一天，他拼死也會保她無虞。

楚蝶衣躺在他懷裡，仍舊緊閉雙眼，彷彿只要她不睜眼，未來的悲劇便不會發生。

可是命運不會因為一個人的祈願而改變它應有的軌跡，如同巨大的車輪將歲月靜靜碾碎湮滅。

畫面再轉。

一日，楚蝶衣拒絕了君陌宸的陪同，自己帶了婢女到附近的佛寺燒香禮佛。她在寺內遇到了個老僧，還有一個道士。

「姑娘可是有什麼事愁不得解？」老僧與道士站在一處，他面容慈祥，一眼看穿楚蝶衣表面上來燒香禮佛，事實上卻懷藏著別樣的心事。

「是的。」楚蝶衣被看穿目的，清冷眉眼沒有任何的慌張，定定睇著老僧與道士，「有件事，想請教兩位。」

那日是個隆冬，三人來到廟後的古亭，簷上積雪，風一吹便簌簌而落，而三人相對坐在亭中，楚蝶衣手中捧著暖爐，桌上擺了茶具，陶瓷燒成的茶杯已經注滿香茶，色澤通透，滾燙的茶水朝上散出裊裊輕煙。

楚蝶衣開門見山說道：「不知方丈知不知道夢蟬蠱？中者如何解？」

聞言，老僧扣著佛珠的手一頓。一旁的道士眉頭輕皺，問道：「如此凶殘的蠱種竟還有人使用，姑娘此行，為了救誰？」

楚蝶衣低下頭，不打算隱瞞，答道：「是我夫君，楚王君陌宸。」

當夜師兄對君陌宸下蠱的畫面就像噩夢，每每想起，便冷汗淋漓。以他的武功，他可以避開的。只是當時的她求生之念已滅，他是為了救她才中的蠱。所以，縱然再苦再難，她亦要拼死將蠱種拔去。

老僧一番沉吟，「夢蟬蠱沒有解法，無法直接滅除，只能引至別處。」

楚蝶衣的臉色一白。老僧搖了搖頭，告罪一聲起身離座，不一會，取了殘卷交予她。楚蝶衣展卷閱讀，讀到一半，雙手忽然顫抖不止，手一鬆，卷宗掉在地上，她慌忙去撿，指尖方觸及卷身，道士語氣含著憐憫，「死生有命，這種引法凶險至極，即使成功，受術者亦跟死了無異。姑娘不害怕嗎？」

楚蝶衣將卷宗遞還給老僧，一手捂住眼睛，語聲帶了哽咽，問：「玉因道長，你是流夕的門主，流夕既為天下第一派，道術通玄，亦沒有其他辦法救子禪了嗎？」

玉因惋惜地搖頭，「此蠱照理來說應已不存於世間，貧道沒有辦法……」

楚蝶衣漸漸止了淚，移開手，雙眼紅腫，像是下定什麼決心，突然朝玉因跪了下去，「小女子現今有一事相求。」

玉因被她的無畏之色震懾，他沒料到她說跪便跪，連忙起身欲扶，「姑娘不必如此。但有所託，貧道在所不辭。」

楚蝶衣道：「我有一個弟弟，他叫微兒，扣在斷煙門手裡。我顧不得他。請道長救他，若他有仙緣，便收歸門下罷。」語罷用力叩首。

兩人素昧平生，楚蝶衣素聞流夕門主玉因有一副慈濟天下的好心腸，此行萬不得已，只好將自己的弟弟託付給他。如此，她便能做接下來的事，能毫無憂慮地往前。

玉因一見她的神情，多半已料到她的結局。可憐她的弟弟今後再無親人守護，他是唯一能救他的人。他輕嘆一聲，終於答應，「好。」

老僧還想勸她，「引蠱後，受術人至情至親事將不復記憶，姑娘可以嗎？」

楚蝶衣向眼前一僧一道行了一禮，轉身，失魂落魄朝廷外走去。她步履蹣跚，彷彿下一刻便會跌倒在地，聲線恍惚，「忘記嗎？也好。」

暮色斜映在她臉龐，輪廓模糊不清。

這一次月明星稀，師兄又來找了楚蝶衣。

楚蝶衣正在後院的竹椅假寐，聽到腳步聲，雙眉一揚，長劍出鞘響聲在夜裡明晰，很快遞到師兄喉前，劍尖顫動，卻再沒有前進半分。

「妳這次，看來是真的想殺了我。」師兄夾住劍刃，嗓聲依然如火燒過般嘶啞。

楚蝶衣保持著握劍的姿勢，面色寒如冰霜，說道：「是，我真想殺了你。」一瞬，我感受到了師兄的心緒，縱然他整張臉被面罩蓋住。他的心似被剮下一片，明明傷口不大，疼痛卻尖銳。他一字一字道：「妳，恨我在君陌宸身上下蠱？」

楚蝶衣道：「是又如何？」

師兄細細凝視著楚蝶衣毫無血色的臉，發白的唇，還有身上厚厚的狐裘。從那日落水後留下的病根，她的武功非但大不如前，天氣只要轉寒，她便咳嗽不止，咯血無數。劍刃擦過他的指腹，正汩汩流著血，一點一滴落地，他卻像是不覺得痛，目光不移，道：「誰教妳那般不要命，當初為了接近他，設計讓自己落水，妳有蠱在身，這樣會減壽妳知不知道？」

楚蝶衣道：「我不在乎。」

「妳還要不要命了？」沙啞的嗓音有劇烈的起伏，師兄驀然屈指朝劍身輕彈，鋒刃受震，發出綿長的嗡鳴，楚蝶衣手一鬆，師兄一把奪過，向旁一拋，劍刃倒插於地。

「為什麼？」楚蝶衣看了眼地上的劍，忽然笑了。她本就生得豔麗，這一笑，竟有別樣的魅惑，卻藏不住滿滿的淒苦之意，她說：「師兄，你是不是見不得人好？我今生傾心愛的，在意的，除了微兒，便是他。因為他，我才知道其實人世一遭，不管有多少淒風苦雨，都可以快樂度過。而這份快樂，偏偏是被你奪走的。你時時提醒我，面對身為刺客的身不由己。我不想當事事被人控制的傀儡。你以為你可以用自己的方法讓我平安，卻不知犧牲自己所愛所換來的平安才真真叫人生不如死。這個任務，我不做了。只要我還在他身邊一日，你休想動他，便是我死。」

師兄愣了愣，喃喃道：「妳死也要護著他。」

她的力量不夠強大，卻掙扎著用單薄的身軀扛起世間沉重殘忍的命運，用自己的方法保她的至情與至親無虞。這便是她。她看似無情，心中卻似一團烈火。一旦觸及，不惜一切，甚至同歸於盡亦再所不惜。

「是！」楚蝶衣語調微揚，「從今往後，不要再找我。」語罷一掌將地上的劍一拍。劍刃一聲哀鳴，她轉身，從不回頭，一步步朝屋裡走。師兄凝視著她的背影，孤然而立的劍驀然現出裂痕，斷成一寸一寸，散落於地，月光照處，一片粼粼波光。

師兄目送師妹的背影消失，卻沒立刻離開，仰起頭，蒼涼的笑聲輕輕迴盪在院中。

回到房裡的楚蝶衣，突然一口血噴出，扶住門板。紅兒在一旁看見，連忙奔上前去扶她，看到她虛弱的樣子，眼淚肆意潰堤，「夫人，夫人這是何苦呢，林大夫說過，妳不得有大喜大悲，非得那樣折磨自己……」

楚蝶衣抬眸，剛剛吐血的她，連話聲都輕而虛，隨時乘風飛去，問道：「剛剛那一切，妳都看到，都知道？」

紅兒含淚點頭，楚蝶衣突然激動地攥緊她的手，力道大得紅兒一疼，「告訴我，為什麼師兄會突襲，誰引他那樣做的？」

紅兒目光遊移，似是思考接下來的話該不該說，最後閉一閉眼毅然道：「我前些日子，有看到那黑衣人進出過聽雨軒。」

聽雨軒……聽雨軒。楚蝶衣眸光一凝，當日雨中琴曲未停時，路盡隱香處走出的青衣女子驀然在腦中清晰。顧酒儀。沒想到，她正在算計著接近君陌宸，顧酒儀卻將計就計引來殺機撲向他。她作了一個姐妹情深的戲，連她都信了，所以沒有提防她。原來最可怕的不是當頭戟指怒罵，而是隱在和善笑容裡的陰狠算計。

那一頭，顧酒儀正閒適地品茶吃糕，寒光一閃，一柄短匕抵在她頸間。青衣女子面色不變，說：「妹妹好別開生面的拜會。」

楚蝶衣紅裳如潑天業火灼然而燃，她將匕首壓得緊了一分，幾縷血絲從嬌嫩的肌膚滲出，冷道：「還有什麼想說的？」

「妳可以殺了我，但王爺依然壽算無幾。」顧酒儀笑得容顏扭曲，不復過去溫雅和善，「誰讓他娶了人便不曾好好珍惜，死了也好。我的家族遲早會扳倒阮氏，成為楚王府的主人。」

楚蝶衣神色木然，慢慢地說：「可若妳死了，妳什麼都看不見。」

「我不在乎。」顧酒儀說：「我生來的目的，就是為了振興家族。而我快做到了。所以死了也沒什麼關係。」

楚蝶衣眼神放得很遠，盡處是君陌宸所在的書房。她再也無法向他敞開心扉，延續過去她與他的溫馨與甜蜜。不過若沒有顧酒儀，還是會有其他人破壞這份美好。充其量，顧酒儀亦是棋子而已，她其實也怨不得誰。

擱在脖頸的鋒刃倏然撤開，顧酒儀捂住傷口一聲喘氣。楚蝶衣收了匕首，聲音清冷，「是我輸了。我習慣了刀口舔血，卻比不得後院的爾虞我詐。我不想殺妳了。只是妳這樣下去，遲早有人會取妳的命。」

在君陌宸的書房內，桌上擺著一隻被箭射穿的信鴿，而君陌宸坐在案前，望著眼前妝扮濃豔的女人，蹙眉不發一語。

錦央臉上滿是得意的笑容，在我眼中加倍刺目。而她得意的來源，是桌上的那只信鴿。是楚蝶衣習慣拿來飛鴿傳書的信鴿。

「王爺，還需要多說什麼？楚蝶衣就是個奸細，她把你的行蹤洩漏給她的主子，分明就是想要你的命，你還要護她嗎？」

君陌宸終究還是沒有再說什麼，把小妾揮退，一手按住額頭，眼睛卻睜得大大的。

他坐在案前，從未闔眼，坐了整整一夜。

隔日，他又來到了楚蝶衣所居的閣樓中。他的步伐凌亂急促，洩露了他的情切。

他在急切著什麼，雖然沒有確切讀到他的心緒，我還是猜得出來。證據讓他的信任出現裂痕，他要她親口否認，他才能心安地再信她一次，無論她是不是說謊。

楚蝶衣極愛撫琴，他去的時候，奏得正是一曲清平調。君陌宸呼吸很是紊亂，快步上前，瞬間攫住了她彈琴的指尖，弦音嘎然而止，話聲飽含深濃急切，「蝶衣，妳告訴我一切，好嗎？妳告訴我一切……」

他想，若她願意對他說，一切還能挽回。他不會在意她成為他的人之前的身分是什麼。萬千輿論又如何，有他在，他會毫不猶豫保護她。

君陌宸意思她如何不懂，如此多年相處，恩愛那樣長的時間，他和她心有靈犀，我都看在眼裡。可她卻忽略他的迫切。

「王爺。」又是一聲生疏輕喚，楚蝶衣低眉斂目，一寸一寸抽回自己的手，神情溫順服從如尋常小妾。

子禪這個稱呼，只有值得他深愛的女子才能喚。終究她太過自私，喚他不起。

總有一天會有一個女子集天下溫柔於一身，一心一意為他，依著他的夢想與他暢遊江湖，做一對人人稱羨的俠侶，只是那個女子不會是她。她此行接近君陌宸的初衷已經偏離，她不想毀掉他，只能先毀掉自己。

她當然知道他已經發現了，怎樣都好，這是她早選好的結局。

第十二章　夢蟬

兩人還是保持著同一個姿勢，看起來深情款款恩愛繾綣，卻多了難以察覺的疏離，而疏離是楚蝶衣刻意鑿開的，我有預感，將來她會更加利用這個裂縫，把他澈底推遠。一眼看過去，她神色平淡，彷彿還是當日玉台上清冷高傲的那個楚蝶衣，從未對任何人動情。

原來她當日的顫抖與潸然，都是假的嗎。我的意識裡忽然傳進君陌宸的絕望心緒。

君陌宸直直望著她，熾熱眼神逐漸沉寂。他定定站著，呼吸終於平緩，卻沒有多說一句話，絕然而去。

君陌宸離去以後，楚蝶衣石化了也似，還是保留同一個姿勢，一直到天氣轉陰，平地驚雷炸起，天地間大雨傾盆，她竟也沒有躲避的意思，任由大雨將她的髮，她的衣盡數澆到濕透。

她的思緒太矛盾太雜亂，我雖然可以讀到她的神思，但聽到跟聽懂是兩回事，她的思緒就如一個被胡亂潑灑顏料的畫，因為層層疊疊的顏色渲染，非但無法相互彰顯，反而是相互抵銷，濃至深處反而變成最原始的漆黑，這個畫作便是廢了，既然廢了，再強大的想像力也無法解讀畫作到底要表達什麼。我覺著，她的思考跟毀掉的畫作一樣，因為太多太濃又相互矛盾，所以石化死機了，茫茫然失了歸途。

她既想推開他，又想留住他。她想表現出從未動情，卻次次傷害自己的身體奢望得到憐惜。這等相反的意志，放在肉體上無異於車裂。真不知道她怎麼在人前忍住沒崩潰的。雨仍舊在下，想等的人再也不會如往常那般回來，粉色衣裙一閃，卻是紅兒取了傘飛奔到她身旁為她擋雨。雨勢很大，紅兒只顧幫主子擋雨，連累著她的身子也被潑濕了一大片，她卻彷彿沒有感覺，將紙傘大半都撐到楚蝶衣那邊，話聲在陣陣驚雷之中破破碎碎，帶著哭音，「夫人，回去啊。妳不能再受寒了，算奴婢求妳了好不好……」

楚蝶衣木然轉過頭來，一聲淡薄的笑，「受寒嗎。紅兒，我知道妳怕我損了壽算。只是這個東西，於我來說不再重要。」

紅兒眼眶一紅，大顆的淚珠珍珠也似的瘋狂往下砸，她舉袖胡亂抹一把，右手的傘身有些顫抖，但還是最大可能地擋住了雨流。她嘶聲道：「夫人，夫人何必同王爺嘔氣，王爺那樣愛妳，表面的決絕只是失望所致，夫人分說明白，定然和美如初。可為什麼夫人不解釋……」

楚蝶衣又笑了一聲，「他愛我？」眼眸垂下來，理了理自己貼在頰前的鬢髮，聲線清冷，「或許錦央說得沒錯，他從未真正愛過誰，我不過是青樓女子，因會耍幾記刀槍，他圖幾天新鮮，時間長了，即使沒有今日那樁事，他總有一天還是會冷落我的吧。或許就在今日將他推開，我圖個清淨。應付那些貴妾，我也是很累的啊。」

紅兒哭道：「不，這定是夫人的違心話。王爺於妳絕非那種意思。他對妳的好，紅兒都看在眼裡，奴侍奉過那麼多主子，王爺從未對哪個主子這般上心過。」她顫抖從懷中取出一個物事，赫然是當日君陌宸在淺雩城許願的那盞蓮燈。楚蝶衣的神情有些鬆動，那蓮燈因在紅兒懷裡存放太久，所以被壓得變形，如今又被雨一浸，顏彩暈染得慘不忍睹，唯有蓮心藏著的紙條完好如初，由此可見，定是被細細保護過。

紅兒捧著蓮燈聲聲泣血，「夫人不知道王爺當日許得什麼願吧？當日紅兒亦跟著你們去了淺雩城，奴就在對岸。蓮燈就這樣飄過來，奴將王爺的燈截下，妳可知，王爺許的是什麼？」

楚蝶衣壓住胸中波濤洶湧的情緒，伸手取出蓮心的紙條。紙條上字跡蒼勁，被雨浸濕有些模糊，但依稀可辨是君陌宸的字跡。楚蝶衣漂亮的眼瞳驀然一縮，映出一行字。

「求蝶衣一世長安無憂。」

一世長安無憂。一世長安無憂……

他的確給了她一時長安，若是長久下去，以他之能，最後定能一世無憂。只是她卻拋棄了整整一世，無情地將他推開，傷了他。

「那又能如何。」楚蝶衣單手摀住了眼睛，移開之後，指尖留有水澤，緊緊握在掌心，灼熱得發燙，「宿命是逃不脫的，既然我悖離了來到此處的初衷，那麼所受的皆是應得。」

「夫人……」

「回去吧。」楚蝶衣蕭索起身，一步一步身影蹣跚，輕輕地說：「妳放心，在想做的事完成之前，我不會死的。」

他們再一次的相見，已經到半年後。

秋天來臨，園裡群樹染上一層楓紅。秋雨淅瀝而下，重重打中楓葉，片片璀璨如血錯落。楚蝶衣一貫身著紅衣，手裡握著一把孟宗竹的油紙傘，傘面繪有精緻的山水與秀麗的題詞。傘沿輕抬，依稀可見她絕麗的眉眼，悠然的遠山眉，本該是深閨女子的柔婉，卻蘊含了些許鋒利與殺伐。

她靜靜站在楓樹旁，伸出素手，只見楓樹微微向旁一傾，她已經折下枯枝，握在左手中。與此同時，另一個人影從樹後轉了出來，略微圓潤的一張臉，五官只是淺淺勾勒的幾筆，舉手投足還是那樣嚴整的王家風儀，是君陌宸。

他再見一次楚蝶衣已沒有上次的激動，只是淡淡一笑，一如在青樓裡初見，他說：「如此速度，本王倒想領教領教。」

如果，一切都只如初見，世上便再沒有執念。緣起緣滅，都可以處之淡然。

「打嗎？」他目光落在楚蝶衣的左手。

楚蝶衣沒有回答，原地只留下她的殘影，油紙傘直接向旁邊拋開，在地面滾了兩滾才定住。定住的那瞬間，她手中枯枝筆直如劍，不知何時交到右手，霍的一聲朝君陌宸咽喉刺到。

君陌宸飛身上樹，迅然折了一個枯枝橫於身前，啪的輕響，一連架開楚蝶衣無數招凌厲的穿刺。兩個身影在半空凌越迴旋，交擊聲愈來愈密集，在紛飛的楓紅裡響成驚心動魄的樂章。稍有不慎就是生與死。不過彈指轉瞬，君陌宸忽地悶哼一聲，楚蝶衣手中枯枝直直抵在他的心口，震碎他的衣襟，還沒來得及刺進去，枯枝被他隨後而來的防禦反擊而中，自根尖到尾部全部震個粉碎。

油紙傘被剛剛銳利劍氣所激，終是裂成了兩半。楚蝶衣隨手拋開殘枝，抬掌望了眼掌心被震出的血痕，仰起頭來，同樣淡淡地看著他，一字一頓道：「我輸了。」

「妳沒有輸。」君陌宸身形有些不穩，按住胸口，踉蹌轉身，「我這，很疼啊……」

他始終按著胸口，呼吸紊亂步履蹣跚。楓葉仍不停落，跌在地面，片片如血。

楚蝶衣沒有說話。

他對她很失望，至此之後，他再沒找她。楚蝶衣的寢居中，夜夜傳出淒切的孤笛，來來去去同個調子。

還是雨霖鈴。

如此過了一個月，又是一夜月黑風高，楚蝶衣拿起牆上許久未動的貼身匕首，緩緩往君陌宸居處而去。

青樓初見時的傲然與鋒利，在她拿起匕首的同時再度綻放。避開侍衛掀開繡簾，她的動作輕緩而無聲無息。她步履輕巧，很快躡近他的床邊，閉上眼，手中匕首反射粼粼寒芒，利落地朝裡面扎去。

一切都被我看在了眼裡，險些叫出聲來，被阿胤一把按住。

她還是要……刺殺他？

怎麼可能，她的心隨著他劇烈牽動，她為他嘔了血，怎麼可能真心殺他。君陌宸對她太好，她也愛上了他。她不會下得去手。

風嘯聲極是短促，黑夜中清晰刺耳，卻很快被另一聲磨擦響動掩蓋。另一抹寒光如電暴起，穿過先前的劍光，勢道凌厲朝外飛出。我看見黑暗中的楚蝶衣忽然勾唇，手下一鬆，匕首脆聲落在了地上。

而另一道劍光沒有收勢之意，直直刺進了女子的胸口，血色瞬間瀰漫了我的眸。

血紅噴濺在繡著菩提的帷幔上，濃厚的腥氣在我鼻端。

我已經震驚得無法言語，楚蝶衣卻似是早已預料。一縷青氣沿劍身流進她的傷口，她眨了眨眼，呼吸漸然微弱清淺。順著劍身看過去，握住劍柄的手甚是修長乾淨，再往上，是男子一張原該是冷峻的臉，卻寫滿了痛色。

他見到要拿匕首殺他的是她，沒有任何意外，他早已知道。只是在決心出劍時，他的心尤其的痛。

只是他不知道，原來她是故意的。

他們第一次對戰，造就他們的緣；第二次對戰，造就了決裂；第三次對戰，卻是他親手將緣斬滅……

君陌宸抽回劍，蝶衣失去支撐向前軟倒。他身軀狂顫不止，不管她滿身血污，飛快把她鎖在懷裡，緊到連指節都泛白。

「為什麼……為什麼要逼我殺了妳？」他手中攥得死緊，聲音卻放得很輕，因為喉嚨發疼而破碎。

他知道了她的真實意圖，不願再見到她，是為了給自己一個不殺她的理由。為什麼，她還是攜兵刃而來，逼他出那一劍……

蝶衣，為什麼？

楚蝶衣沒有答他。她的神思在剎那又傳進我的意識中，濃烈的執念如尖針，刺得我額頭髮疼，我身形踉蹌不穩，阿胤便伸手把我扶住。

她想，最初是她對不起他，最終以死來換他平安，也是值了。只是，她捨不得他，她想永遠在他身旁……

「子禪。」意識搖晃模糊，她恍惚喚他最後一聲，「恨我吧，永遠永遠恨我吧。」

在他忘記之前秉持這對她的恨意，這樣往後的日子裡，他不用揹負著愧疚過活。

她靜靜看他一眼，像已經疲倦，躺在他懷裡，呼吸隨著時間流逝淺薄，直至斷去。感覺到愛人的生命流逝，君陌宸已經痛得流不出眼淚，只能緊緊的把她攬住，感受她僅剩的溫度，暫時自欺她還活著，直到她的第一抹冰涼傳進他胸口，他閉上眼，倚著她的髮旋，聲音放得極輕，道：「蝶衣，妳冷不冷？」

一句輕問，一字一字卻要斷了腸。

萬籟俱寂，風吹得繡簾翻飛獵獵作響。天地之間，彷彿只剩他二人，直到永遠。

楚蝶衣死去以後，幻境多撐持了段時間。君陌宸悲痛過巨，吐出了口心頭血，暈了過去。夜依然很長。

隔日一早，濃妝豔抹的女人當先闖進君陌宸的房，帶了一大群僕從，快速清理了血跡，並分開了兩人，紅兒趕到，拚命想攔，卻被拂倒在地。

錦央的神色尖銳得有些猙獰，那是嫉妒勾勒出來的臉，寫滿了惡毒的快意。我很討厭那張臉。只聽她聲音高亢，尖聲道：「從青樓裡出來的賤女人，憑什麼得到王爺的寵幸？還如此不識好歹地想行刺他？去，找個地方把她隨便埋了，這種賤人看了就討厭，別再讓王爺看見她！」

顧酒儀靜靜站在一旁，神情複雜難辨。

君陌宸再醒來時，楚蝶衣遺體已經消失，在不為人知的王府角落，多了一個荒塚，這是她葬骨的地方。紅兒不知去向。而君陌宸在此事後，彷彿再沒記得楚蝶衣這個人，也沒有人敢提。只有我看見她的魂魄一直在他身邊，而他，渾然不覺。

最後的畫面，再一次轉到了聽雨軒。顧酒儀一身青裙，竟是與楚蝶衣初見時的那套。婢女隨侍在側，而她撐著傘獨自站在雨中，正呆呆看著幾步外的小亭出神。

「阿繁，妳記得嗎。這裡我擺了棋局教她對弈，她棋藝不好，卻很好強，總喜歡毀棋。我讓了十幾子讓她勝了，她笑得像偷到糖的孩子……」

婢女沒有說話。顧酒儀緩緩移動步伐，目光轉到一個竹椅上，自顧自說道：「就在這裡，我為了給她脫罪，把自己撞得頭破血流，晚上她匆匆取了藥過來親自幫我上藥，就在這裡。她也真是的，上藥這種事情，怎麼能在外頭，要是被人看見，她又得挨罵了。」

婢女深吸一口氣，還是沒有說話。

顧酒儀呀的一聲推開了門，眼神深深注目在一方青石桌，與桌上殘了的繡線，說：「這是我第一次教她刺繡，她一個習武之人，武功那樣厲害卻粗手粗腳，沒繡幾下，指頭給扎成了蜂窩。儘管如此，她還是繡好了青花圖送給我。不是送給王爺。對此王爺還醋了好久。」

「夫人……」婢女阿繁低著頭，語聲小心翼翼，「她去了。」

「是啊。」顧酒儀忽然摀住眼睛，「她已經死了。」

她的算計讓她死去，她的死去毀掉王爺的心智，她的家族振興指日可待，她應該開心的。可為什麼，這麼多的水澤，連掌心都沒有辦法攔截？

「妳下去吧。」顧酒儀嗓音輕而啞，「我想一個人靜靜。」

當阿繁離開，顧酒儀卻自顧自地掏出了白陵，嘩的一聲掛上了高樑。

故事到了這裡，憶境才真正崩塌。

要怎麼修正這段悲劇，我毫無頭緒。

楚蝶衣故意讓錦央發現她對外傳訊的信鴿，讓君陌宸知道她是要殺他的刺客，她的演技也足夠完美，讓他不得以刺出他的劍。她如此做是因為當夜打在他肩上的夢蟬蠱。

解毒的方法，是將毒導到其他人身上，代價是忘記重要的人。青氣最後導引進她胸口，君陌宸從此恢復健康，但失去關於她的記憶。

唯一剩下的本能，就是每天會去一趟那已荒廢的亭閣中，在她遺留下的一切事物裡尋找被湮滅的痕跡。

楚蝶衣的魂魄執意跟在他身旁，卻在二十年中眼睜睜看他娶了一個又一個小妾，她終究不甘心。

或許是這樣，她殺了她們。

女孩子的心思總是矛盾的，她表面上可以表現出她不在意心上人忘記她，實際上又難以忍受心上人另結新歡。事實上，女孩子要在喜歡的人眼中映出自己都來不及，怎麼可能衷心希望對方忘了她，除非她天生自虐傾向，虐得挫骨扒皮還樂在其中。

楚蝶衣不是那種人。

我還是無法猜測她究竟是如何愛上他的。或許是初見時互相測度的一眼，或許是淺雩城中搖著波浪鼓的那頑皮一笑，或許是那句，妳是我的女人，不是侍衛……

情的發起就像夢般，當人發覺時，可能已置身其中，抑或者它消失後才有所覺察。楚蝶衣應該是前者。只是，她身為刺客，本身經歷的東西太過冰冷，所以她選了對自己最殘忍的方式，來換愛人一世安康。她情不敢至深，是怕它如夢般轉瞬幻滅，又豈知建立在害怕上的情愛，會更加不堪一擊，如蟬衣般輕觸即毀散破滅。

或許，君陌宸願意相信她，哪怕是盲目相信也好，不用任何言語與證據，他們也不會走向這種結局。可惜他身為王族，有太多需要思量。他們不敢寄予絕對信任，一個是因為繁華王族間的親情虛假，一個是因為九重繡帷裡的爾虞我詐，雖然他們曾經依得很近，卻隔著無法捅破的玻璃。

這多麼可惜。

接下來要在幻境中修改結局，這件事比染荷那樁還棘手些，但是也並非不可能。我想，既然造成他們命運轉折是那夜刺殺，那麼我們就得在幻境中先引開刺客，或者直接將刺客所在的團體直接滅掉。在無法使用道術的狀況下，前者較為實際，後者卻比較一勞永逸。

說來簡單，要實行起來卻是一個大問題。我不知道要怎麼引開他。他掌中的毒一定十分危險，如果阿胤同他一戰，他的毒如果最後下在阿胤身上該怎麼辦。總不成我們不遠千里跋山涉水找到他，隨便一句，「大哥，令堂喊你回家娶媳婦。」我覺得他若是沒有當場一劍砍了我，就顯得太沒有刺客本色。

正當我愁眉不展時，君陌宸已聞得動靜趕來。他看著阿胤將若有若無的紅衣魂魄收進葫蘆中，神情有些空茫，「就是她？」

我瞥了眼他，最初亭中一談的最後對話，他的聲音乾澀嘶啞，似是有些許悵然，我不知道是否是我的錯覺。我幾步走近他，微彎起眼，「王爺，你想記得嗎？」

終究這件事太過淒慘，他有忽視不好記憶的權利。一個人沒有必要時刻保持著清醒，那樣會很累。我會給他選擇。

如果他想忘記，在我畫下蝶衣以後，我會除掉我們曾和他見面的任何痕跡。一個人最忌諱的就是半夢半醒，要不然就完全活在無知中，要不然就澈底清醒。人生總該要有明確點的定義。

君陌宸望了眼楚蝶衣昔日居住的亭閣，點了點頭，「想的。」

圍觀的僕人婢女們中老些的人，臉上立時現出驚恐的神色。

第十三章　藏禍

君陌宸知道畫魂師的手法，也知道我從憶境出來，自然知道了他的過去，他輕輕問我，「我是不是，遺失過了誰？」

我有些意外，原來他倒沒有完全忘記。看來他對楚蝶衣的情太深，即使被拔除了記憶，還是拔不了自內心蔓生的感情。

他告訴我，二十年前他像是生過了一場大病，醒來心頭泛空。過了十年，他心中常常拂掠過一個紅衣女子的身影，日復一日年復一年，他似是得了心疾，心痛愈來愈劇烈。他納了一房又一房小妾，是他拚命尋找他失落掉的一個記憶殘片，哪怕一星半點，他也要追尋。

他下意識覺得，那份記憶對他很重要。

我嘆了口氣。雖然不忍心看他痛苦，不過他既然不想忘記，還是過明白些好。

我又走近一步，抬起手印上他的額。

剛剛憶境的一切被我看在眼裡，趁著記憶猶新，我利用幻術直接把那些影像直接灌進他腦中，親眼看見終究比言語真實。

隨著回憶在他的腦中呈現越多，他的臉也越來越蒼白。我知道他記起來了。

本來已經被刻意彌封的傷口，卻在不經意中被猛然掀開，猝不及防的痛意鋪天蓋地席捲了整個心房。當我將掌移開，他的身子比我還不穩，直直扶住身旁的樹幹，痛得快無法呼吸。

「你覺得痛苦嗎？」阿胤忽然發話了，聲線透著冷，「如果你不出劍，她不會死。只是，你應該不知道她為何如此吧？」

聞言，君陌宸明顯一震。我吃驚地望著阿胤，他那麼深的譴責意味是怎麼回事？

「我知道，是我殺了她。」君陌宸慘然閉眼，「在我沒有記憶後，曾經無意翻過一個古卷，上面說，斷煙門中有一種蠱毒，那蠱毒的名字叫做夢蟬。此蠱中者無所覺察，無藥可解，除非有人願意為中蠱者而死，利用劍穿胸口，以劍為媒介，將蠱毒導進別人身上，代價是最重要的記憶……」

線索一串，我明白了緣由。原來那刺客所在的團體叫斷煙門，楚蝶衣應該也是從那裡來，這如修羅的地方，給她太多痛苦。

夢蟬，多麼美的名，我在現代中不知在哪本小說看過一句，夢若蟬衣，情似菩提。形容當真貼切。

蝶衣，妳犧牲自己保住他的命，卻讓他失去了最重要的東西。如此，值不值得？

「我知道當年的丞相欲買兇殺我，所以來了蝶衣。我將計就計買下了她。最初幾個月我還沒有愛上她，只是在不知不覺中，我想破開她的冰冷。那一夜她在我面前流淚，我以為，她已經拋開了她的目的與身分。誰知道她刻意讓我發現她的事，讓我以為她是無情的，我早知我中了蠱，當時就想著，她要殺我，我便成全她，那一夜，我本想同她死在一處的，沒想到……」君陌宸望著天，袖下白皙雙手握緊成拳，「我沒辦法給她個名份，所以發誓過要永遠保護她，結果……最後她的性命卻是由我了結。往後整整二十年，連像樣的葬禮我都沒辦法給她。柳姑娘，這個丈夫我做得很失敗吧？」

誰對誰錯難以言說，我再嘆了口氣，「你和她，都是造化無常下的可憐人。」

阿胤冷冷地問，「所以，王爺你還要讓阿蘅畫了她嗎？」

君陌宸的眼神依舊放在天空，低啞著嗓，「還是畫了吧。我不該執念，她也不該為我而棄了輪迴。」

想來他也知道如果楚蝶衣執意留下將會面對什麼結局。魂飛魄散，身為她的愛人，他絕對不樂見。我看他已經下定決心，點了點頭，轉身欲走。

臨走前，他突然補了一句，道：「到時把蝶衣畫起，勞煩柳姑娘一件事。」

我疑惑回眸，他挺直站定，一句話說得緩慢，輕聲道：「務必將畫留予本王。」

我爽快答應。

事不宜遲，我將事情來龍去脈同柳思細說一遍，讓他於修改幻境結局給一些想法。

柳思表示，自己的國家自己救，一發現問題不能只顧著去問旁人，這樣有礙於自身長進。我只能咬牙切齒地自立自強去。

經過一番思量，雖然不確定靠不靠譜，我還是把自己的計畫同柳思和阿胤說了。

我打算直接在幻境中滅了斷煙門。當然不是以人的武力，畢竟那太沒效率且風險極高，天知道在大殺四方後會不會有漏網之魚之類。如果記憶沒有錯誤，倒是可以製出炸藥，到時想辦法潛上他們的基地埋上火線，只消在他們全部聚齊在門內，引燃火種，砰的一聲，這個作惡多端的門派就玩兒完了。

當提出這方案後，全場一片寧寂。柳思抽著唇角問我，「阿蘅，妳何時變成會製炸藥的？」

我愕了愕，立時隨機應變，「高手總要深藏不露，看到真實的我不必太驚訝，我會害羞的。」

「……」

計畫雖然破洞百出，但不幸的是我再也想不出其他辦法，柳思不願意助人為樂，我只能死馬當活馬醫。

柳思倒很放心我同阿胤就這樣進去。這一次入幻，我比上次還要駕輕就熟，等平穩下來以後，我們置身在亭台樓閣之中，雅致的景色讓我愣然。

該死，幻境的第一幕是楚王府是鬧哪般！

認出自己身處何地，為了避免被人發現，阿胤果斷地握住我的手，旋身轉進了不起眼的暗處中。

我一直認為，阿胤每次躲功一流，而且次次都不被人發現，真是有刺客的潛質。我一邊感嘆，牆的另一邊卻傳來一聲輕笑，「帶著吧。或許我們這麼一去，可以帶個特別的人回來。」聲音平和而帶著些許少年的青稚，是二十年前的君陌宸。

我推測了下他剛剛的話，帶個特別的人……莫非是楚蝶衣？這個時段，他們還沒見？

突然間有種衝動，如果我阻止了他們的初見，他們從未相識，會不會有更好結局……想到一半頹然放棄，這根本不可能，楚蝶衣最初接近他的目的是刺殺，就算我阻止了第一次相見機會，她仍會不死心捲土重來，他們終究會碰在一起，改不得事實。

我們現在該做的，就是立刻製造炸藥，找到斷煙門的基地，直接把它炸了。

棘手的問題來了，斷煙門的基地在哪我們其實一無所知。

唯一的線索還是得在楚蝶衣身上找。於是我們被迫成為了變態分子，潛進楚蝶衣所在的青樓裡天天監視她的生活起居，連入浴和茅廁也不放過……呃，入浴和茅廁還是會有些許迴避的。

終於，在我們充當色狼的三天中，有一個男人來找了楚蝶衣。

我慶幸我們沒有略過了入浴，因為那男人出現方式特別，當時我們只聽到澡室一陣異樣的窸窣，立刻沾口水刺破了窗紙，往裡面看去。

布帛劃空聲起，紅綢飛快掃向直接闖進澡室的不速之客，男子單足一點，速度快如鬼魅，不動聲色避過那雷霆一擊。只見紅綢化成游龍一捲，楚蝶衣嘩的一聲離水而出，步帛旋轉著迅速而回，裹住楚蝶衣玲瓏的身姿，春光竟然沒有半絲外洩。

「你來做什麼？」楚蝶衣惱怒看著男人，連帶語氣也不客氣。

看見男人的眼睛，我的心微微一抽。是那個常常來找楚蝶衣的師兄。

「明日妳便要同那個人走了，我最後來看看妳。」男子定定盯著坐在岸邊的她，唇旁笑意若有若無。

我被炸得頭皮發麻。這師兄對楚蝶衣的心思，著實不一般。

「隨你便。」楚蝶衣哪管那男人的心思，冷哼一聲，拉緊身上的衣物離去。

準沒錯，這男子既然是楚蝶衣的師兄，應該也是斷煙門人，只消跟著他，不難找到他們的基地。主意一敲定，我和阿胤二話不說，尾隨而去。

阿胤和我尾隨著那男子出了青樓，往東一路直直而行。

行了數日，一座蒼翠的高山矗立眼前。我們看男子身影輕盈，不費吹灰之力便攀上了陡峭的崖壁，心頭微微一緊。我一籌莫展，轉頭問道：「阿胤，你能爬山嗎？」

阿胤沒有回答我的問題，只是走到我前方默默蹲了下來，又往自己背上指了指。

「你要揹我？」我有些驚訝，沒想到這冰塊平常板著一張臉，有時候還挺體貼的。我感動攀上他的背，他扶住我的腿，站了起來。他一鼓作氣上了崖壁，四平八穩竟沒有半絲晃動。

我有些懼高，閉著眼睛，下意識緊緊摟住他的脖子，狂風在耳邊呼嘯而過。

「欸。」一片單調沉默我悶得慌，突然在他耳邊輕問，「你是什麼時候修仙的？」

「十歲。」阿胤頓了一會，答道。

我睜眼，凝視他深淺如流瀑的鬢髮隨風飄揚，襯在他瑩白如玉的頰，即使面無表情，卻是意外的賞心悅目。

如果能笑起來，該有多好啊。我想著。

「聽說修仙的姑娘都會變很漂亮，你有沒有喜歡上哪個人？」我胡亂找著話題。如果他有喜歡的人，我一定要問問她，他笑起來是什麼樣子。

「我南微宮裡沒有女修。」阿胤蹙眉，問我道：「妳沒事問這個做什麼？」

「嘿嘿。」我心虛地笑兩聲，「好奇。我在想如果你已經喜歡上別人，我就不用充當你老婆啦。」

我才不會說我是單純想挖他的八卦。

「……柳蘅，妳是故意的吧。」阿胤咬牙。

「啊？」又是莫名的同一句，我懵住。

接下來是一陣沉默，過了約莫一刻時分，阿胤停下，我再睜眼時，發現我們正站在崖邊。他一上崖，卻沒有放下我，尋著那男子的身影而去。

山中的路甚是曲折，顯然有陣藏於其中。只是阿胤似乎對這類地形極是熟悉，一路履險如夷。如此行了一個時辰，正當我險些在他背上睡著時，他終於停了下來。

入目一座宮殿，飛簷鎏金，繁華得讓我不禁一愣。原來歷經殺伐與江湖風雨的殺手門派，所住的地方那樣虛華，不亞於我印象中的皇宮。如果我炸下去的話，場景會是多麼壯觀呢？

在尾隨那男子以前，我已經先買好了製作炸藥的材料，此刻便揣在我懷中。

還好斷煙門內不是人人會武，阿胤偷偷敲暈了一個婢女，讓我換了她的衣服，並把她的面具戴上。

繞了斷煙門一圈，我發現斷煙門有一個很奇特也是很致命的傳統，那就是低階刺客和婢女全都得帶上面具。我不知道創這個門派的人究竟是有什麼癖好。每個下人都弄成一個模樣，這樣如果要混奸細進去不是很容易嗎？

我把我的疑惑說給阿胤聽，他挑了挑眉，「阿蘅，妳說得沒有錯。一百多年前，的確有人利用這個混進了斷煙門，據說是為了門主大弟子帶回來的一個女孩。」

我興致勃勃湊過去，問道：「後來呢？他有沒有被發現？」

「被那個大弟子發現了，但是在他準備要下殺手的時候，卻發現是他親弟弟。」他不鹹不淡開口。

「……」好曲折離奇的劇情啊這個……

總之這個癖好正給我了個方便，只要身材相似，我不需佯裝，只要戴上面具，我和其他婢女不會有太多不同可懷疑。

透過阿胤的打聽，三日後將有一場歲考，所有在外的斷煙門弟子都會回來一趟，爭取自己在刺客榜上的排名。這就省了我炸不乾淨的問題。

我和阿胤暫時分開。

第一個問題解決後，又迎來第二個問題。我不知道從何炸起。

如果斷煙門的基地只是一座宅院，我不必那樣煩惱，可它規模如此龐大，哪一片沒炸好我可無法確定。

妥當些的方法，就是找到中央點，這樣就可以炸得很澈底了。

思量一定，我趁著深夜在斷煙門內悄步而行，阿胤躲在附近為我把風。我花了數天時間把斷煙門內結構摸清，並尋到時機混到了中心點。

中心是擺放兵器的倉庫，我躲在裡頭，尋著在現代時的記憶調製好了火藥，撬開地板將之埋進土裡。火線我將它拉到窗外，只要我一點，大約只有三十秒左右供我們逃出這個地方，到時阿胤會及時帶我走。

火藥才剛剛埋完，我感覺到有些不安。那時我沒有想太多，現在距離功成不遠，這絲異樣才浮至心間。

不是我不信阿胤的能力，只是我到底為什麼可以暢行無阻地研究完整個斷煙門，還如此輕鬆闖進中心，我覺得很有問題。如此一個殺手門派，當真戒備那樣鬆嗎？

正當我如此想著時，眼角餘光忽然躍進了一抹銀芒，還來不及反應，冰冷已經貼上頸側，陰陰的聲音隨之而來，「我就知道妳沒安得好心，說，尾隨我來斷煙門，究竟有何目的？」

彷彿有什麼東西在腦中轟然炸開，我沒有答他，頭皮又一陣發麻。是當時被我們尾隨的男子。我的天，想什麼就來什麼啊……

我僵硬回頭，伸出手指戰戰兢兢把劍鋒推離頸部一點，當我的指尖碰到刃尖，竟沒有弄出半絲血傷，那人露出驚訝的眼神。我看對方把整張臉用面罩遮住，只在口鼻和眼睛開五個孔，頓時覺得十分奇葩，很不應景問道：「大俠，你面膜忘撕嗎？」

「……」

我的問題只讓男子風中凌亂了下，對峙了幾秒鐘後，只見他冷笑一聲，稍微一移再度抵到我的頸邊，正待施力劃開我脖子，另一道銀光驟閃，叮的劍擊激盪，我本能向旁邊一滾，堪堪避過雪亮刃鋒，再抬頭時，一陣涼風拂起，一人持劍擋在身前。

阿胤……

心口一陣細小的暖熱緩緩流過，我摀住了嘴。剛剛生死交關，雖然知道他終究會出來救我，我還是禁不住胸口莫名的激盪。如果不是他格開那一劍，我就死了。從頭到尾，都是他在包容我的缺陷。

我常常弄出一些紕漏導致自己和他身陷危境，都是他一言不發為我收拾爛攤子。

「本來以為跟蹤我的只有這個小姑娘，我還納悶著她是怎麼上山的，原來是你。」男子的聲音沙啞而陰冷，迅速縮地成寸，我才轉眼一霎，他的劍已劃及阿胤雙眸。阿胤速度亦是極快，騰身跳起，單足抵在柱上，手中長劍化做滿天星罡，瞬間房內琉璃萬頃，無數聲密如聯珠的交鳴。

也不知道交換幾招，男子一聲怪叫，哼聲道：「萬劍訣？修真三宮真打算把我們斷煙門一鍋端了？」一面格擋阿胤的猛烈攻勢，一面從懷中掏出一個火折子，看樣子有要求援的架勢。

「阿蘅，快把時間停住！」阿胤百忙之中喊我一聲，我如夢方醒，趕緊施法。光波以自我為中心向外擴展，很快籠罩了整個山頭，唯有那男子不受影響，兀自與阿胤交手不休，手中火折趁勢點亮了流星，轟然炸破屋頂，在半空中炸出絢麗的煙華。

但我和阿胤知道，他便是求援也無用了。

過了良久，那男子也察覺不對，瞠目望著我，「妳是誰？」

「你家上帝啊。」我向他扮了扮鬼臉，不動聲色地移到門口，「別了，幻影。」

取出火折擦出火花，我反手於後，精準地點上了火線。劈啪輕響告訴我只剩下三十秒，我抬頭，大聲喊道：「阿胤，快！」

第十四章　流水

阿胤心領神會，飛身而來，攬住我的腰，便要提氣往頂上洞口跳。

那男子知道我們要逃跑，哪能讓我們如願，雙目赤紅，唰然一劍不是刺向阿胤，而是刺向我。

柿子還知道要挑軟的捏，這人不錯。

那劍影如最張揚猙獰的修羅，阿胤瞳孔一縮，揮劍快速撥開，彈指又不知道過了幾招。我預估我們所剩時間，驚恐道：「阿胤，快來不及了！」

鏘的一聲，只見阿胤臉色極冷，掌心爆出靈光，轟然把那男子擊退數步，幻境有些波動，熟悉的刺痛襲上我的胸口，我皺了皺眉。趁著擊退對方的空檔，阿胤抱著我風一般便要朝屋頂洞口直掠出去。

「想走？」被擊倒在地的人仍不死心，騰身躍起，凌厲的劍光劃向阿胤的腰間。想是阿胤不想他波及到我，把我打橫抱起，卻來不及閃避那一劍，利刃劃開皮肉的悶響，阿胤背上登時滲出大量鮮紅。

傷口極是猙獰恐怖，我瞥眼看見也覺得怵目驚心，阿胤卻恍如不覺，抱著我剎那移動了數

里。飛到了大片平坦的曠地，阿胤失力落下，我們二人狠狠滾跌。

「阿胤！」兩人緊貼滾得狼狽，我好不容易穩住身子，連忙撐起身望向身旁躺著的人，「你怎麼樣？」

傷口實在太過嚇人，不行的話得找大夫。

阿胤半邊臉都是泥，半晌沒有說話。在我關切的目光下，良久才乾啞地冒出一句，「挺有事的。」

「……」這個對話咋怪異到我臉抽……

轟然巨響。我抬起頭，遠處一陣煙塵瀰漫，碎葉破瓦紛飛，轉瞬染黑了流雲，那是斷煙門的方向，剛剛被我親手炸掉的。一時之間心情有些複雜。

即使知道這是幻境，心底深處還是有點罪惡感。大抵是因為來自現代，手裡從來沒沾過人命吧。

阿胤和我一齊看著遠方，整個山頭上住著的是數千條生命，在巨響中同時了結。他瞥了我的側臉一眼，隨手撕下自己袍角，裹住背後嚇人劍痕，才將傷口處理妥當，他輕輕地問我，「妳覺得，後悔嗎？」

我愣了愣，看了他裹好的傷口，看起來無甚大礙，放下大半的心，隨後堅定搖頭，答道：「沒辦法的。人的力量有限，萬事本就難以兩全。我今天如果不造就這個悲劇，幾天後就會造成更多悲劇，那還不如今日一次悲劇到底。孰輕孰重，一旦決定就不該後悔。」

世上從來都沒有絕對的對與錯，所以，只能但求本心。當人命難以盡顧時，我們只能自私地選擇對自己最有利的一項，沒有人就該大愛蒼生，不顧一切全部都要救，事實總是殘酷的，什麼都想救，極可能最後誰也救不成。比如說有恐怖分子正要計畫著毀滅我的國家，而我正有能力摧毀恐怖分子，我便會毫不猶豫地去殺戮。無關正義，我只是為了保護我的家人罷了。

有些事情，表面上看似相同，背後意義卻南轅北轍，所以不能以同樣的處理方式。就像滷蛋和茶葉蛋，表面上看來是一個顏色，卻不能把它們當作同一種蛋，畢竟前者拿來配飯，後者是單獨當零嘴的。

思及此處，我突然想起一事，對上他的眼睛，「對了，我還沒問你，為什麼你會突然為楚蝶衣不平，去質問君陌宸啊？」

阿胤黯下眼睛，道：「我有一個姐姐，她也是刺客。」他一瞬不離凝視著我，「她死了，同樣死在所愛之人手上。」

呃，我問到不該問的了。原來他有這麼個刺客姐姐，難怪他有那麼大的隱藏潛質，應該是同他姐姐學的吧。我看著他，他還是一貫面無表情，和他相處那麼久，我從未看過他笑，真不知道他到底受過多少刺激。我忍不住伸出兩手食指點在他雙頰，用力向上一滑，企圖在他臉上勾勒出笑臉的模樣，「我說，你這人是顏面神經失調了是不是，從來都看不到你笑，如果笑起來可以很好看的……」

「……」

我們往楚王府的方向回去。任務完成，看完他們最後一眼，確定他們無恙，我才能放心離開。

本來想見見楚蝶衣，同她說幾句話的，但阿胤阻止了我。根據上次染荷看破我幻境的慘痛經驗得到的結論，被畫的魂不能看見我們，尤其是我，因為只要看到我們，鬼魂極是容易憶起現實的種種，看破幻境的可能性就會加大。

我給染荷的說辭，染荷接受了，卻不代表每個鬼魂都會接受。

我有些悵然。其實我一直想問問她，她對君陌宸的愛，究竟是怎麼樣的。

為了保險起見，我們只能偷偷覷君陌宸和楚蝶衣幾眼。也就是說，我們還要再充當一回變態分子。

避開楚王府的家僕婢女，我們在楚蝶衣所居的亭閣裡找到了這對璧人。還是如同憶境裡初時所見，她奏琴、他舞劍，和諧得像是一幅永垂不朽的畫，只是楚蝶衣所奏再不是聲聲淒楚而寂寞的雨霖鈴。她所奏的調子轉為輕快，冰冷的容顏也有了柔柔的笑意。我相信，他們之間沒了桎梏，一定可以恩愛到永遠。

我們悄然而來，又悄然而去。臨去之時，我似是聽到楚蝶衣夾在琴劍交錯聲中的一句呢喃，「謝謝。」

這裡是幻境，她會對我那樣說，應該是知道的。只是，她沒有拆穿我，可能是因為現實太過殘酷，或者是，她想成全現實中的君陌宸，所以甘願在幻境中得到兩全。

確認他們安好之後，我為他們做最後一件事。一個寂靜深夜，我找到了當年強行分開君陌宸與楚蝶衣的那個惡毒女人。

錦央依然囂張跋扈，見到我們，但也知道害怕，想叫人來，卻發現她已孤立無援。

我神色平淡，一步一步走近她，道：「我現在只想問妳一事，妳想不想死？」
我這一句妥妥就是恐嚇，足夠情景醞釀，女人被我駭得不輕，依然色厲內荏，「妳敢殺我？我是王妾，還是世家嫡女，總有一天我一定會成為王妃！妳若是殺了我，到時會後悔的！」
「後悔？」我揚起殘忍的笑，「笑話，會害死妳的從不是我，而是妳自己。妳於我來講不過幻影罷了，我只給妳忠告一句，最好別惹楚蝶衣。」
「什麼幻影？」看見我無所謂的神情不似作偽，錦央的問聲因為動搖而顫抖。
「老實告訴妳吧，這個世界是我所造，我存在的另外一個世界反應了未來，那個時空裡妳間接害死了楚蝶衣，她化成厲鬼後忍不住殺了妳……」我一句句揭露，眼看著女人臉色褪成蒼白。
「為什麼？憑那個沒有出身的賤人，我為什麼不能動？」錦央還是不死心地問。
我無奈搖頭，果然被嫉妒沖昏頭腦的女人就是死心眼。她一直被顧酒儀當了槍使，倒也可笑又可嘆。取出畫筆，凌空在女人面前一劃。彷彿空間被撕開一個破口，現實發生過的一切影像透過裂縫穿透而來。
淒淒冷夜中，女人衣裳散亂，拚命將自己塞在牆角，抖顫不穩的目光投向門口，顯然極是害怕。閃電明滅，霹靂炸響，震得女人一陣哆嗦，姣好的面容蒼白如雪。
就如現在的她。
女人見那影像中的主角正是自己，吃驚地瞪大了眼睛。
風雨仍舊未歇，來不及閉上的門口不知何時站了個紅衣人影。紅衣女子手持長劍，劍尖不斷滴著血跡，依稀還有血痕在上面流淌。她靜靜進了房間，明眸很快掃到角落兀自發抖不止的女人，眼神瞬然淩厲。

「楚蝶衣！我錯了，我當年不該跟顧酒儀串通一氣，與她偷偷聯絡上妳師兄，讓他提早攜了蠱來刺殺王爺，害死了妳啊！我願意給妳風光下葬，不要殺我，求求妳不要殺我好不好……」

顧酒儀、錦央、楚蝶衣；君陌宸。這些原本不相干的線，因為人心算計，兜在了一起，彼此影響了彼此的命運。這些錯綜複雜的線裡，沒有對錯，只有愛恨。愛讓人選擇犧牲與成全，恨讓人選擇破壞與毀滅。不管人心如何演變，人都要接受自己造就的苦果。在世人看不到的一個角落，錦央迎接了這樣一個業報。

女人聲淚俱下的哀求沒有動搖她半分，已成厲魂的楚蝶衣振了振劍翼，神色漠然，「什麼都，來不及了啊。」語畢，冉冉上前，毫不留情地手起劍落，劍鋒貫穿女人胸口……

當影像散去，錦央已嚇得跌坐在地。

我居高臨下看著她，「我知道妳一直想置楚蝶衣於死地，但如果妳再不收手，我給妳看到的這些就是妳的未來。取與捨之間我想妳應該清楚。」

我沒有再多說什麼，甩下她離去。轉過身的時候，聽到身後又哭又笑的聲音。不知道錦央是否大徹大悟，若是沒有，我想，對蝶衣的幸福也構不成威脅。

阿胤在房外等我。最後一個可能妨礙到他們幸福的因子已被震住，這是能為他們做的最後一件事。

從幻境中出來，我閉著眼睛，依然流暢熟練振筆，將柔白的畫紙一點一點渲染，待得畫成睜眼，入眼的正是我去看他們的最後一幕，他們琴劍相和，溫情繾綣。

妳究竟是怎麼愛上他的呢，蝶衣？我在心中默默地問她。

柳思在發現我畫完魂之後，推門而入，看到阿胤背上一個偌大的傷口，頓時誇張地張大嘴巴，「這會又是怎麼啦，在幻境裡又招惹誰了？」

我皮笑肉不笑轉頭望他，「咱炸了整個斷煙門，厲不厲害？」

柳思的嘴張更大了。

看見他的表情，我好想在他嘴裡塞雞蛋……

最後，我把這幅困有楚蝶衣魂魄的畫交給了君陌宸，他淡淡謝過我，給我們大把銀子。我覺得我的本質越來越不像畫魂師，而是一個販畫人。

君陌宸在收下我的畫之後，便片刻不離地貼身而藏，他的心情我能理解，他心念的伊人，魂魄就在畫裡。他要在有生之年裡伴她一生一世。

在王府住了最後一夜，隔日晨起，準備跟君陌宸道別。走出青石板鋪成的道路，繞過一池還未開花的夏荷，在隱蔽的草叢旁，一座荒墳前，終於找著了他。

當年蝶衣埋骨的荒塚已被找到，墓上草草立了木牌，牌上一個字也沒有，他在牌前獨自站了許久。

我們在不遠處靜靜望著他，他卻沒發覺。他沒有太多的表情，良久，他忽然蹲下身來，素白的指尖觸上粗糙的木牌，彷彿在撫情人的臉，只是入手的再不是那細膩溫軟，輕聲問道：「蝶衣，妳冷不冷？」

明知不會得到回答，他還是問著。

他的正妃阮氏本來拿著他的披肩走來，聽到這一句，眸色掠過一抹黯然，轉身離開。

我們悄悄退了出去。

「柳姑娘。」正當我們三人快要隱沒在牆角時，阮氏忽然叫住了我。

阿胤對她突來舉動甚是疑惑，開口想問，我打了手勢制止。阮氏倒也是玲瓏心思，她知道其實是我想找她。

我讓他在原地等我，自己隨了阮氏而去。她把我帶到一間書房，關上了門，第一句便感慨道：「他還是記起來了啊……不知道是好是壞呢。」

「妳恨我嗎？」我揚起眼眸問她。

整件事情，唯一最無辜的是她。君陌宸屈於局勢娶了她，雖然待她不薄，終究還是沒有愛過她。在楚蝶衣死後的二十年之間，或許君陌宸有多在乎她一點點，而這點微薄而脆弱的幸福還是被我毀了。

「沒什麼好恨的。」她露出自嘲的笑，夕陽透過窗櫺斜映在她臉上，歲月已經在上面刮出清淺痕跡，殘紅鍍於其上顯得更加斑駁，「其實蝶衣她很好，曾經好到讓我嫉妒她。可是過了那麼久的時間我才明白，不是我的便不是我的，縱然表象上我曾經擁有。王爺他一生精明，絕不希望他在這裡糊塗，所以柳姑娘，妳不必擔心，我不恨妳的。」

我低下頭，原來她的心思是這樣的。雖然她難免會恨楚蝶衣，但是她不會有什麼行動，如此認命，所以楚蝶衣殺盡了所有小妾，只留下她。楚蝶衣最初的原意應該是要她代她照顧他。

阮氏告訴我，她後悔自己當年的怯懦，任由小妾坐大，最後讓楚蝶衣那樣死去。她不能為這場悲劇做出任何補救，正妃之位竟只是徒做擺設。如今，君陌宸再次憶起過去，她雖然痛苦，但也只能祝福。

我陷入沉默。無所謂對與不對，我只是應了他的選擇。但有時候成全的背後難免造成傷害，於她，我只能表示最大的歉意。

「妳不去同王爺告個別嗎？」簡短幾語，最後她那樣問我。

「不了。」我說。已經走到這種程度，道別毫無意義。

推開書房的門，外頭清新的空氣讓我胸口一暢。我深吸一口，先找到了在榕樹下靜靜等我的阿胤。

枝葉在風吹下簌簌而落，我踩踏著還未枯黃的葉緩步走近，樹旁的小橋流水倒映我的身影，他親手簪上的紫蝶木簪在旭陽下異常耀眼，直到我站在他身旁幾步外，他才轉過頭來。

從穿越這裡到現在，阿胤總像是披了一層又一層迷霧，我想理解他。我不相信他天生就沒有笑容，不曉得為什麼，就是想知道究竟是什麼樣的過去和傷痛，讓他把自己封閉成這樣。

「告訴我，你姐姐的事，好嗎？」我凝視他的眼，輕聲說道。

春風在清晨中清爽而不濕黏，拂過我和他的髮，些許紊亂。他又一步走近，古井無波的眸子不知湧出了什麼異樣情緒，他一手輕攏我的額，語調夾帶一絲柔軟，「阿蘅，我還沒有勇氣。所以，妳等我。」

「好。」我沒有多問什麼，笑著輕應。

柳思在門口等我們。他看我們朝他走來，揚起了如釋重負的笑容，道：「總算出來了，阿蘅，剛剛王妃單獨找妳，我還以為她要把妳拖到暗巷狠狠痛扁一頓呢。」

我想起初入王府，在我同他討論如何引出楚蝶衣時他的表情，板起面孔，嫌棄道：「柳思，你真是一個思想暴力的少年。」

「……」

柳思默了一陣，我們三人在管家的引領下走向門口，無奈地岔開話題，問道：「對了，瞧妳上次在染荷那邊時還挺震撼的，現在楚蝶衣這場妳怎麼反而淡然了？」

我沒對上他的眼睛，低頭隨意回道：「剛開始我是蠻震撼的沒錯，後來想想，人世本就是這樣的啊。命運從不會放過誰，有相聚就有離散，有喜劇也有悲劇。這些一體兩面的東西，無論好與不好，都是必然發生的。想避免這些事，除非超然物外，可我們都是人，都要在紅塵裡打滾後才有超然物外的資格，所以，傷心什麼呢？」

柳思奇怪地看著我，表示不懂。

講了一大堆竟只是對牛彈琴，我咬牙再細心解釋，「就像我們這個社會，只要有一種東西存在就會有另外一種完全相反的東西去制衡，不能因為一個期望而澈底根除其中一個拿來相互制衡的東西，這樣不但失去平衡而且可能會讓社會極化，那樣的社會將會很不健康，遲早會懷疑自己存在的意義是什麼。」我抿了抿有些發乾的嘴唇，企盼看著柳思，「有沒有聽懂了？」

柳思還是沒有聽懂。

我憤怒地磨牙，一掌拍到阿胤的肩上，悶聲道：「阿胤，你來同他解釋。」

阿胤雙手一攤，「阿蘅，我也沒聽懂。」

「……」

離開王府後，我們一行三人向西北而行。

將要迎接我們的，是一個新的旅程。

不過很久很久我才知道，這個故事，我不理解的層面還有很多，遠遠還沒有結束。

番外　同根（楚雲封視角）

回想過往，曾經最快樂的時光，是我的小妹妹，在鞦韆上暢笑擺盪，對著我咧開缺了一顆乳牙的嘴，甜甜喚我一聲，阿兄。

我叫楚雲封。這個名字很少人曉得，或許甚至沒有人知道，我原先長的如何模樣。自從遇到一個人，楚雲封便再也不是楚雲封，而是冷情嗜血的殺手，只為金錢屈膝的敗類走狗。

其實我，一點都不喜歡這個稱呼。

可當十歲那年，本來美好的家庭被天災翻覆，流離失所，而後被人販子拐賣，我的命運，再也由不得自己。

事情是什麼時候開始的呢？

那時候帶著小衣四處尋找爹娘，幾番輾轉，卻在半路被敲暈，與小衣分散，帶到一座山上。

這是第一次見到師父。那時天真懵懂，不知道來到他面前意味著什麼，亦不知道，哪怕有半絲反抗，將會面臨什麼。猶記得師父高高坐在大殿中央，居高臨下俯視著我，就像看到一個任人捏圓搓扁的泥人。彼時急著找到小衣，只道殿中的人是普通的人販子，冒失地就要當場逃跑。

師父沒有什麼大手段，只一句話讓我的腳立刻僵硬生根：「你打算這樣出去，去哪兒找你的小衣？」

我立刻回身，雙目通紅，連日的焦心讓我亂了方寸，衝著他無禮大喊，「你把我的妹妹怎麼了！」

殿上的人面無表情凝視著我，聲嗓生硬似長滿鏽的鐵鏈擦過，「兩百餘年前楚相叛變不成伏誅，他的族人幾乎死絕，沒想到，竟還有後人存世。」他一步步順著台階走下來，我被嚇得跌坐在地，他蹲下來，目光帶著審視。我全身發著抖，想抽身退後，卻被他一手鉗住下頷，被迫抬起頭來。

那幾乎不能被稱為一雙眼睛。更準確來說，若是沒看到那黑得嚇人的瞳仁，根本就是兩個黑洞而已。那雙眼，沒有半絲感情，動也不動直視到心裡，直叫人心底發涼。

「你若是成為我斷煙門下，本座便可讓你知道，她在何處。」

成為他的門下，和他一樣成為毫無感情的怪物嗎？我心中牴觸，說：「如果我說不呢。」

「不嗎。」他鬆手把我摔到地上，冷漠轉身，「越，讓他曉得拒絕的後果。」

小時候的我貪玩，特別喜歡傀儡戲。只要將木人渲染筆墨，透過細絲牽引，翩然間展開華彩，配以纏綿的歌謠便勾勒無盡的傳奇。為了這東西，我偷偷做了木偶玩給小衣看，為了逗她開心，從此練成了一副好嗓子。偏偏家裡重讀書，民間話本之流一概禁止，期望我成一代鴻儒，最好入朝為官，如祖先一般權傾天下。

得不到的東西在人心中產生了強烈的慾望，家中的阻撓無法阻擋我的熱愛，一人一偶舞得出神入化。戲裡最刺激的一個部分就是酷刑。當身分卑微的主角陷入牢獄後遭到拷打，酷刑加身，那時入戲極深，為主角義憤填膺，彷彿自己就是他們。

不過萬萬沒想到，我竟會與戲中主角遭遇同樣的情景。真真是生不如死。

當我被從地牢裡撈出來時，全身火燒水浸，斷筋傷骨，沒有半塊好肉，只剩一身枯朽的皮掛在骨頭上。指甲或斷或碎，鮮紅皮肉外翻，風一吹，涼絲絲的疼。喉嚨被烙鐵燒炙，每一次發聲都難聽嘶啞。

我再也無法唱歌，再也無法轉動靈巧的手指牽引木偶，唱戲逗小衣開心。天真的童年，生生截殺在此處。

我像一條死狗被拖到那個人面前，他冷漠地說：「我斷煙門不是說來便來，說走便走。你既已見著了我，若不入我門下，斷然沒有活著離開的道理。楚雲封，你的妹妹也在我這裡。若你不應，她將同你一樣的結局。」

一身水深火熱鞭笞過的皮肉，剎那使我相信他說到做到。我不想小衣同我受一樣的苦楚，當下涕淚橫流，匍匐到他腳邊死命磕頭，喊了無數聲，「師父。」

我就這樣扎進了這條路不回頭。

再一次見到小衣，她已成人。她在斷煙門中據說有極高的習武天賦，成為了門中屬一屬二的優秀刺客，在江湖刺客榜上僅次於我。想當時她見到我，露出半真半假的笑，雖然沒什麼真心，那抹笑卻點燃了秋楓，天地瞬間明亮，一種烈火般的美麗，卻暗藏殺機。稍一不留神，她手中的劍可能就刺穿我任何一個要害。

斷煙門中同門彼此爾虞我詐，本就沒有什麼情份。每個都想踩死站在自己前面的那個人，以獲得那些江湖虛榮。我在酷刑中毀容毀聲，她不認得我亦是正常。而我，遠遠地知道她安好，便已足夠。

而小衣看似冷硬，不為人知的背後卻有柔情。她救起過一個叫微兒的小男孩，並認作弟弟，百般保護。她以為她的哥哥已經死去，所以滿腔親情都投注到微兒身上。而這個微兒最終變成了她的軟肋，禁不起半點驚動。

刺客不該有軟勒。否則，總有一天萬劫不復。我想阻止她，卻沒有辦法。

那一天，小衣接到了京城裡遞來的任務。

身為一個女刺客，且是容貌豔麗的女刺客，被派去誘惑皇親貴胄，進而達到刺殺目的，已是屢見不鮮。可是接到這種任務的女刺客到頭來都沒有什麼好下場。我很擔心她。特求師父恩准，協助她這次的刺殺活動。

我看著小衣走進深黑不見底的王府，漆色飽滿的朱門在面前被轟然關上，心竟莫名一聲喀噔。入王府後，我常常偷偷見她。在她面前，我不敢表現太過關切，總是一副公事公辦的冷硬模樣，推動著她盡快接近目標以達到刺殺。

長此以往，她肯定厭極了我。

我想，我沒什麼心願了。刺客的生活刀口舔血，我不想小衣在其中耽誤了一輩子。這個任務了，就算搭上命，也要把小衣拋出去。從此以後，她天高雲闊，我守護著她，永世安好。

沒想到，我的妹妹竟然執著如此，為了接近目標，傷害自己的身體來引起他的注意。她體內潛藏的蠱術使她受不得半點寒，否則傷筋動骨，為禍不淺。

我後悔了。或許，不該讓她參與這場任務。

小衣怕是已經對目標動了情。這份感情是纏繞糾結的絲蔓，大半已經混入她的血肉，我必須當那個狠心人，親手斬去它。

兜兜轉轉，我找上了她。一個看似與世無爭軟弱可欺卻滿懷野心的女人，她叫顧酒儀。

雨聲淅瀝，不少嬌花在驟雨下生生打下骨朵，在爛泥裡逐漸衰敗。我以風衣遮身，避人眼目踏進了她的聽雨樓。顧酒儀一直是那樣的氣定神閒，在樓裡刺繡、品茶吃糕，焚香彈琴，甚至是獨自擺著棋局，一思索就是一整天。若不是我偶然知道她竟和我一樣的目的，連我都要相信她是一個胸無大志的後院女子。

因為小衣的事情，顧酒儀或真意或假意對她有些照拂，從而引起目標的注意。所以有關他的行蹤，她知道得很清楚。她替我買通守衛，在一個月黑風高裡，我闖了進去，只求速戰，一擊必殺。只要他死，一切便結束了。

我低估了小衣對他的情意。我武功不如目標，卻利用小衣對目標下了蠱。雖是成功讓小衣疏遠了目標，卻沒想到，她接下來做的事情是那樣決絕。

最後一次見她，她在我面前震斷了她的佩劍，殘劍四散，一地破碎月光。她說了一大段話，這是我和她長大重逢，她對我說最多話的一次，依稀記得最後她警告，我休想再傷害他，便是她死。

妳死都要護著他。卻不知道，我拼死也要護著妳。只是，當我們入了那個大門，我便不能像小時候那樣，提起木偶，唱起那段浮生舊夢，築出這般太平流年。我只能把橫在妳面前的顛簸，用我的血肉去鋪平。

再然後，她死在了他的劍下。

本以為小時候在酷刑中已流乾了淚，她死的那晚，卻痛哭泣血了整夜，一早醒來，好一陣視線模糊。我的妹妹，終究沒能保住。我不敢找那個人，畢竟那是她用命換來的，我怕一個不小心，會辜負她的期望。

再然後，我不顧一切，服了毒藥，絕然叛離了斷煙門。跨出那扇門，壽命只剩下七天。很快我就會入黃泉陪她。希望再見到她時，可以恢復兒時妙絕的嗓音，再如小時候一樣，提起木偶，逗她開懷。

不過死之前，還有一件事要做。

在她心目中，哥哥已經死去，唯一的牽掛剩下微兒，仍在斷煙門的控制之下。小衣背叛的行動，定然招致門中的人對微兒不利。我要救他。

找到他的時候，看見一個黑衣殺手正一掌往微兒拍下去。那時的我，功力被毒藥蠶食，無法幫他擋下，情急只能飛身橫在中間。砰的一聲響，我靠著微兒極近，幼小的男孩吃驚地睜大眼睛，可以清楚地看見他目中我蒼白似鬼的模樣。咧嘴一笑，隱忍著沒有把血噴出來，部分停滯在口腔，滲的整排牙齒都是血色，我說：「喚我一聲阿兄，好不好？」

那一聲帶著哭音的阿兄聽在我耳裡已經變得模糊，笑著向旁軟倒，依稀看見不遠處堪堪趕到，一抹翩飛的白色衣角。生命的流失剝奪了視線，當全部變成黑暗，我閉上眼睛。

小衣，我來找妳了。但願來世，我還有機會，予妳一份歲月靜好。

（待續）

【後記】

沒想到三十八天隨意寫出的初稿，竟花了五年來整修。

這是一篇系列文，同一個世界觀的有《仙魂》、《傾夢天下》，不過這兩部作品目前還沒有完稿，如果有時間，再把坑填上。

在別的作品中，我創了畫魂師這個職業，而第一個被創造的畫魂師，就是這個看起來有點小白目的柳思。柳思是《仙魂》的一個小配角，他出場時刻不多，卻是在女主被千夫所指，唯一一個站在她這一方，並為之不遺餘力的人。

而這份守護，不是因為他與女主有男女之情。夜深人靜時，我開始推敲，這個人物，應該有甚麼過往？

身為畫魂師，通曉世間，早該淡泊通達。柳思在《仙魂》中出場已近千歲，卻保有少年一般一往無前的熱血。於是我創造了《忘川盡》的女主，一個從現代世界穿越過去的女大生柳蘅。

柳蘅這個角色，尋常，也不尋常。她有來自現世積累的智慧，但是在這個年紀的她，對一些哲學問題，在紙卷上仍似懂非懂。勸人起來頗具架勢，但是總有一天若她同樣經歷，卻未必是那麼回事了。

夏蟲不可語冰，這是多少人的寫照。不過人生在世，不就是求一個開心嗎？即使畫中虛假，即使百年之後將忘記對方，但只要當下能夠相守，放下執念，止去紛亂，彼此也求仁得仁。

《秋染衣》僅是《忘川盡》的上冊，柳蘅以一個初學者的姿態，跌跌撞撞地完成了兩個任務。

她對現世的一切，有迷惘與淡淡的哀憤，在經歷這樣的故事後，終於有了初步的諒解。從小到大被父母要求著走上自己不喜歡的路，直到回到古代，看見了殘酷的迷信觀念，染荷輾轉掙扎求生，回歸後又被生身父母如此利用，心中也是震撼的吧。有一種愛，即使愛得不妥當，終究還是愛。面對染荷，方感嘆起自己何其幸運。

相較於初版，《蟬衣》改動最大。最開始的設想很簡單，這是一個犧牲與成全交錯的線。不過初版比較著重在君陌宸與楚蝶衣相處的剪影，對於配角的著墨弱很多，所以在新版新添了許多有名有姓的角色。我希望故事中的愛恨都有來由，行事之間都有自己的思量與掙扎。楚雲封如是，顧酒儀也如是。

楚雲封在下冊《音如夢》仍有戲份，他將影響阿蘅與阿胤的命運，另外還有三個小故事，可以期待一下。

人生忽如遠行客，願大家在芸芸世間，忘卻苦痛，找到屬於自己的桃源仙境。

慕容紫煙

釀冒險44　PG2518

忘川盡：秋染衣

作　　者	慕容紫煙
責任編輯	喬齊安
圖文排版	蔡忠翰
封面設計	劉肇昇

出版策劃	釀出版
製作發行	秀威資訊科技股份有限公司 114 台北市內湖區瑞光路76巷65號1樓 電話：+886-2-2796-3638　傳真：+886-2-2796-1377 服務信箱：service@showwe.com.tw http://www.showwe.com.tw
郵政劃撥	19563868　戶名：秀威資訊科技股份有限公司
展售門市	國家書店【松江門市】 104 台北市中山區松江路209號1樓 **電話：+886-2-2518-0207　傳真：+886-2-2518-0778**
網路訂購	秀威網路書店：https://store.showwe.tw 國家網路書店：https://www.govbooks.com.tw
法律顧問	毛國樑　律師
總 經 銷	聯合發行股份有限公司 231新北市新店區寶橋路235巷6弄6號4F 電話：+886-2-2917-8022　傳真：+886-2-2915-6275

出版日期	2021年1月　BOD一版
定　　價	250元

Printed in Taiwan

國家圖書館出版品預行編目

忘川盡：秋染衣/慕容紫煙著. -- 一版. -- 臺北
市：釀出版, 2021.01
面；　公分. -- (釀冒險；44)
BOD版
ISBN 978-986-445-438-9(平裝)

863.57　　　　109020707

讀者回函卡

感謝您購買本書，為提升服務品質，請填妥以下資料，將讀者回函卡直接寄回或傳真本公司，收到您的寶貴意見後，我們會收藏記錄及檢討，謝謝！

如您需要了解本公司最新出版書目、購書優惠或企劃活動，歡迎您上網查詢或下載相關資料：http:// www.showwe.com.tw

您購買的書名：________________________________

出生日期：________年________月________日

學歷：□高中（含）以下　□大專　□研究所（含）以上

職業：□製造業　□金融業　□資訊業　□軍警　□傳播業　□自由業

□服務業　□公務員　□教職　□學生　□家管　□其它_____

購書地點：□網路書店　□實體書店　□書展　□郵購　□贈閱　□其他

您從何得知本書的消息？

□網路書店　□實體書店　□網路搜尋　□電子報　□書訊　□雜誌

□傳播媒體　□親友推薦　□網站推薦　□部落格　□其他__________

您對本書的評價：（請填代號　1.非常滿意　2.滿意　3.尚可　4.再改進）

封面設計____　版面編排____　內容____　文／譯筆____　價格____

讀完書後您覺得：

□很有收穫　□有收穫　□收穫不多　□沒收穫

對我們的建議：________________________________

____

____

____

請貼
郵票

11466
台北市內湖區瑞光路 76 巷 65 號 1 樓
秀威資訊科技股份有限公司 收
BOD 數位出版事業部

(請沿線對折寄回，謝謝！)

姓　　名：________________ 年齡：________ 性別：□女　□男

郵遞區號：□□□□□

地　　址：________________________________

聯絡電話：(日) ________________ (夜) ________________

E-mail：________________________________